GOBOOKS
& SITAK
GROUP©

GOBOOKS & SITAK GROUP©

三日月書版

三日月書版

輕世代
FW259
三日月書版
Author帝柳　Artist愁音
惡魔調教
Project
5

on Project

Tuning Dem

目錄 Contents

序幕

地獄戰火的序曲

Tuning Demon Project

陰陰暗暗、黑色混合酒紅色的天幕，散發一股幽怨與悵然的氣息。

放眼望去毫無人煙，除了一個寫著「歡迎光臨地獄」字樣的招牌，以及地獄代言人「地獄娘小舞」的動漫少女人形立牌。

立牌被人用像是鮮血的紅色液體，歪歪扭扭地寫下「**路西法去死**」，就連人形立牌本身，長相甜美可愛的地獄娘小舞，也被不知名的人士切割破壞。

這一帶原本是熱鬧非凡的小鎮中心，人來人往、車水馬龍，如今卻人去樓空，到處充斥蕭條的氣息，枯黃落葉被冷風捲起又吹落。

過了一會，地面忽然開始振動，地上的小石子也輕輕跳動起來。另一端的地平線上出現大批軍隊身影，踏著規律又沉重的步伐，整齊劃一地大舉經過！

大軍壓境，將立牌毫不留情地踩在腳下，被踩得面目全非的人形立牌，漂亮的臉龐彷彿正在哭泣……

小舞以無聲的方式，訴說著一場無情冷酷的戰爭即將到來。

第一章

巨人看守者

Tuning Demon Project

「妳逃不掉的，宮成茜！」

後頭傳來的聲音，立刻讓宮成茜想起一個名字——

杞靈！

杞靈不止是當初害她下地獄的罪魁禍首，現在似乎還擔當別西卜身邊某種要職，能率領這種等級的大軍，這女人也是不簡單啊……

不對，現在可不是佩服敵人的時候！

眼看杞靈的戰鬥機伸出砲彈槍管，鎖定目標之後便轟然發射！

「這下完蛋了……」

眼睜睜看著砲火無情襲來，宮成茜下意識抓緊比希魔斯，心臟用力地跳著，腦袋裡也迅速閃過跑馬燈。

就在她閉上雙眼，打算迎接最絕望的結果之際，赫然有道強風劃過她的身旁。

睜眼一看，她才恍然明白那原來並非單純的強風，而是一發強勁驚人的白色電磁光砲！電磁光砲高速向前的同時將所有砲彈消滅吞沒，強勢撞上方才發射攻擊的戰鬥機！

「這到底是怎麼回事？」

宮成茜愣愣地看著眼前發生的景象，一時間，她的腦海裡有太多問號，當然其中最想知道的，就是這道電磁光砲究竟從何而來？又是誰伸出的援手？

難道說……他們還有隱藏的援軍嗎？

「可惡，到底是誰敢阻擋我！」

杞靈的吼聲再度傳來，本來差點就要將最痛恨的女人除去，想不到半途殺出個程咬金！

「宮成茜，第九圈的入口閘門打開了！我們得快點衝進去！」

坐在最前方的姚崇淵，一見到通往地獄第九圈的入口閘門緩緩開啟，馬上就對著宮成茜大喊。

「我知道了！比希魔斯，我們用最快的速度衝進去！」

宮成茜命令一下，比希魔斯立刻加速，照著她的指示向前方閘門衝刺！

不管怎樣，都要把握這一線生機！

「別讓他們跑了！」

杞靈率領的大批戰鬥機持續砲火攻擊，宮成茜原以為會有第二發電磁光砲替他們阻擋，卻遲遲等不到第二波反擊。

「看來只能靠我們自己了！就差一點點，再差一點點我們就能進入閘門！」

宮成茜抓緊比希魔斯，現在所有的希望都寄託在牠身上了！

雖然無法反擊與完全抵擋戰鬥機的攻勢，月森和姚崇淵等人仍竭盡自身所能，忙著用各自的術法抵禦。

「集中火力！」

杞靈的吼聲彷彿要貫穿雲霄，本來分散開來的戰鬥機迅速匯聚，集中砲火射向宮成茜等人。

「該死！」

密集的砲火，就算是月森、姚崇淵以及伊利斯三人聯手，也絕無可能完全抵擋。千鈞一髮之際，比希魔斯大吼一聲，衝入了入口之中！

此時，第九圈入口處的閘門再度射出一道電磁光波，形成防護罩，擋住了所有想要追擊進入的敵兵。

厚重的閘門完全關上，徹底將外頭的一切隔絕。

地獄，彷彿又在這一刻恢復了寧靜。

「我們……這樣算是安全了嗎？」

宮成茜從比希魔斯身上下來，仍然心有餘悸，心臟怦怦跳著。局勢發展得太快，快得她幾乎來不及反應，方才那場戰鬥根本是靠著直覺與求生本能在運作。

「算是吧，至少暫時不會有危險。」阿斯莫德走到宮成茜的身旁，安撫地按住她的肩膀，「別西卜的軍隊短時間內無法攻進來，可別小看這扇號稱『巨人之盾』的門啊。」

「希望這扇門如你所說那樣堅固可靠……撇開杞靈突然率領大軍出現，剛剛的電磁砲與閘門開啟又是怎麼回事？」

宮成茜稍微鬆了口氣，隨之而來的是想要釐清疑問的好奇欲望，她一邊抱住化為白色小毛球的比希魔斯，一邊納悶地提問。

「是我事先拜託朋友幫忙，成茜。」

開口回答之人不是阿斯莫德，而是讓宮成茜出乎意料的伊利斯。

「是你？這是怎麼回事？」

「我知道要來第九圈，也和你們一樣料想過可能遭遇別西卜的攻擊，只是沒想到竟是這般猛烈的攻勢……不過好在，我的友人及時救了我們。」

「與其說是友人，更正確的說法是親戚關係吧——伊利斯。」

一道從深處走來的身影，打斷了伊利斯的話，同時地面傳來振動，讓人感到有些頭暈。

循著聲音與「地震」發源處一看，竟是一名高大魁梧、約莫一層樓高的龐大男人！

「巨人族？」

月森眨了眨眼，平時冰山般的容顏，也在此時出現了一絲驚訝神色。

「容我介紹……誠如各位所見，他就是我的友人，也是地獄第九圈閘門的守衛，巨人寧祿。」

伊利斯板著臉，眉頭糾在一塊地替大家介紹。

「喂，伊利斯那傢伙好像不喜歡被說和對方是親戚關係啊？臉色變得更難看了。」姚崇淵輕輕地用手肘撞了下宮成茜，八卦地小聲道。

「伊利斯不喜歡自己體內的泰坦巨人族血統，應該是因為這樣才會不高興吧。」

宮成茜同樣小聲地回應。

之前和伊利斯聊過這件事，至今她都沒忘卻當時伊利斯排斥厭惡的神情。

「還是這麼堅持稱呼我為友人啊……也罷，總之很高興認識各位，叫我寧祿就好。」

巨人寧祿微微彎下身來，對著宮成茜等人禮貌地道。

「由於阿伊事前緊急拜託我幫忙，我便替大家打開閘門。開啟閘門需要一些準備時間，好在趕上了。」

寧祿很清楚，只要不繼續堅持使用「親戚關係」這個詞彙，伊利斯就不會擺出一張臭臉給他看。

「原來是這麼一回事……那麼電磁光砲又是？」

宮成茜提出另一個疑惑的問題。

「啊，那是後備火力，每個入口閘門都有配備，就是為了擊退非法侵入者。只不過，由於起初只有配備一次光砲的能量，因此只能發射一次。」

寧祿詳細地回答。

「看來當初路西法早就想到可能會有這一天……話說回來，現在我們該怎麼辦？」姚崇淵雙手一攤，向眾人問道。

「當然是趕快繼續前進，你沒忘了我要到地獄最深處這件事吧？」

宮成茜馬上回答。

「我、我才沒有忘咧！本天師是那種人嗎！」姚崇淵緊張地反駁。

「你的反應出賣了一切啊，小臘腸……」宮成茜雙眼瞇成一條線，冷冷地吐槽。

「哈哈，你們感情真好！和阿伊當初說的一模一樣！」

寧祿捧腹大笑的同時，地面再度微幅震動起來。

「咳，寧祿，別在他們面前用那種方式叫我……」伊利斯一臉尷尬。

「什麼？阿伊是在害羞嗎？也對啦，在喜歡的女人面前總是要保持形象嘛！哈哈哈！」

「寧祿！」

接二連三被踩到地雷，伊利斯似乎有些動怒了，但他其實也知道自己拿寧祿沒轍。

這個大塊頭就是這種個性，簡單來說，就是不懂得看場合氣氛的白目。不過也就是因為這種性子，他才能和自己這個被人說一臉凶惡又不好相處的人成為朋友。

「啊？你生氣了？抱歉抱歉，就別跟我計較了嘿！」

看伊利斯臉色驟變，寧祿趕緊道歉，一手拍了拍自己的後腦勺。

「總之我們先離開吧，待在這裡也只是浪費時間，況且你不是說有消息要告訴我們嗎？」

「對對，差點都忘了！我有聽到一些小道消息，但不確定真實性……可是看到今日這個情況，我想搞不好有很大的可能是真的了。」

被伊利斯提醒後，寧祿這才想起了正事。

「到底是什麼消息啊？」

宮成茜一邊問，一邊跟著帶頭的寧祿邁開步伐。

隨後，寧錄告訴一行人關於別西卜的大軍動態——別西卜的軍隊正從四面八方前往地獄最深處，目的在於一舉拿下路西法。

大戰在即，四天王中有三人支持別西卜，其中一人就是之前偷襲過他們的貝力亞魯！

聽到這個消息，眾人的臉都綠了，尤其以阿斯莫德最為沉重。雖然和別西卜之間關係再怎麼不好，阿斯莫德還是最了解對方的人……畢竟別西卜是他的雙胞胎兄長。

「如果這個消息是真的……地獄將要掀起一波腥風血雨了。」

宮成茜有些惴惴不安。這樣聽來，局面對路西法這邊可不太妙啊！

她不清楚地獄之主路西法的戰鬥力如何……她只知道，路西法的宅力超標就是了。

打從來到地獄後，她從未見上偉大的地獄之主一面，不過想想也不太意外，這個路西法就是個阿宅，足不出戶很正常。

平常當個宅宅還好，或許屬下能替他管控好一切，然而在這種軍閥起兵造反的時刻，路西法還能不盡快出面阻止、力挽狂瀾嗎？

只是就算他真的出馬，能不能將這些造反的傢伙統統打回家也是個問題。

「雖然地獄裡不乏爭鬥鬧事，但這種顛覆政權的大事，已經很久很久沒發生過了。」月森同樣表情嚴肅。

以資歷來說，他只是一個待在地獄不過十年左右的亡魂，但進到地獄的第一天，他就知道像這種等級的大戰，距離最近的一次，得回溯到米迦勒與路西法大戰的時期。

那可是地獄的創建階段，那之後再也沒有人膽敢挑戰路西法。

月森從沒想過，像這樣的事居然會再度發生，而且自己還跟著捲進了戰爭的核心漩渦之中。

但他並不害怕。

如果是為了茜——

為了最重要的人，就算迎面而來的是狂風大浪，他月森也會貫徹守護對方的決心！

「米迦勒和路西法的大戰啊……當時我只是戰爭中的一員小將，不知不覺也過了這麼久了……」

伊利斯一手刮著自己的臉，思緒沉浸在過往的時光中。

當時他只是一個默默無名的惡魔，還是個被人歧視的半泰坦巨人混血，他十分清楚，想要翻身，就只有參與路西法之主統率的大戰。

儘管那場對抗天界的戰爭輸了，但他的戰績仍表現亮眼，因而取得了不錯的軍階與身分地位。

身為近乎永生的惡魔，時間對伊利斯來說毫無意義，聽到有人提起這件往事，他才猛然發覺原來一個回頭，也過這麼久了。

「如今若要我再戰一次，我也不會退縮，甚至可以表現得更好。因為，我身邊有了成茜。」

伊利斯話鋒一轉，本就嚴肅的臉孔，面向宮成茜時變得更為鄭重。

他當然是認真的。

不管是對於宮成茜的感情，還是剛剛的宣言，都認真無比。

他會展現給宮成茜看，經歷上次的大戰後，自己是有所成長的。他將以行動表現，他伊利斯才是真正有資格守護在成茜身旁的男人！

「喂喂，你怎麼趁機說出這種明顯想加深好感度的話啊？想不到你一臉凶惡，心機倒是不小。」姚崇淵噘嘴抱怨，「我說伊利斯你啊，真是一點也不會看場合跟事情的嚴重性……是說，宮成茜妳別誤會，本天師也不可能拋下妳的啦！」

話說到一半，他又突然轉變風向，好像擔心沒這麼表明的話，就會被伊利斯比下去似的。

「說那麼多，結果自己還不是一樣挺在意成茜的看法……」伊利斯板著死魚眼冷冷地吐槽。

「好了好了，我又沒說你們怎樣，用不著在這種小事上節外生枝好嗎？」

一手扶著額頭，宮成茜只覺得有些困擾，一點也沒有感受到被騎士守護的甜蜜感。

「眼下，最重要的是我們該如何解決別西卜大軍吧？」她沒好氣地雙手一攤，對著眾人道。

「說到別西卜的大軍……我倒是想起來另一則消息。」寧祿食指撐著下巴，若有所思地說。

宮成茜馬上追問，「什麼消息？你就不能一次把所有消息都說完嗎？」

說話同時，一行人眼前的景象漸漸從閘門附近的荒涼，變成到處林立高塔的城鎮。空中不斷傳來吹奏號角的音樂聲，好不熱鬧，但街道上沒有半點人影。

不過，在向寧祿詢問這座城鎮的資訊之前，宮成茜還是比較想先聽對方的「另一則消息」。

「我也不是故意不說呀，只是一時間忘了嘛！是這樣的，我另外聽到的一則消息是……」

寧祿又拍了拍自己的後腦勺，接下來才吐出他所知道的事：

據傳，別西卜在地獄第十圈的邊界，設置了一個隱形軍事基地。

「軍事基地？那傢伙居然敢在眾目睽睽之下蓋一座隸屬於自己的軍事基地？」

這則消息，震驚了伊利斯，也震驚了現場所有聽到的人。

「別西卜那個蠢蛋，居然做到這種地步！」

阿斯莫德握緊拳頭，自己的兄長野心勃勃，調度集結大軍也就算了……現在連私建軍事基地都做得出來？

到底還有什麼能夠攔阻他？

阿斯莫德實在很頭痛，頭痛得不得了啊。

「一樣是雙胞胎兄弟，怎麼哥哥就那麼讓人頭疼呢？我說阿斯莫德，該不會童年時期你都在欺負他吧？才會造成今日別西卜的心態扭曲成這樣。」

宮成茜眉頭一皺，質疑起一臉無奈的阿斯莫德。

「妳胡說什麼，該心態扭曲的人是我才對吧？明明當年都是他在欺負我……」

阿斯莫德嘆口氣，他到底是被誤解到什麼程度，才會被宮成茜這麼懷疑呢？他才是那個苦主啊……

「現在還不知道那個軍事基地在哪對吧？不然這個大塊頭就會說出來了。」

姚崇淵豎起大拇指比了比寧祿。

「唔，我也只是聽說，的確不曉得詳細位置……」

寧祿不好意思地拍了拍後腦勺，好像每當他感到尷尬或不知所措的時候，就會下意識地做出這樣的動作。

「嗯……」

「怎麼了嗎？瞧妳一臉很在意的模樣。」

阿斯莫德發現宮成茜盯著前方看，便有些好奇地問。

「啊，我只是有點在意啦……從剛才開始就一直聽到號角聲，那是怎麼回事？」

雖然很想一直專注在方才的話題討論上，但那一道道響亮的號角聲，令宮成茜不分心都難。

「妳說那些號角聲吶……寧祿，這裡是你的地盤，由你介紹吧。」

寧祿點了點頭，答：「哦哦我都忘了介紹啦！各位，歡迎來到地獄第九圈，這裡有個別稱，叫作『巨人的故鄉』。」

他一邊說，一邊繼續為眾人續帶路，「為了因應巨人族的身高與體型，我們習慣住在碉堡或高塔之中，附近還有一座深潭，是這邊著名的觀光景點。至於號角聲嘛……」

寧祿從腰包中取出一樣物品，正是一把黃金色澤的號角。

「我們很喜歡吹奏號角，這種雄渾嘹亮的音色聽起來很舒服，所以，三不五十就會在我們鎮上聽到號角聲啦！」

爽朗地大笑起來，寧祿的笑聲洪亮震耳，雖然眾人心知他毫無惡意，但這笑聲聽起來真不是一般人能忍受得了。

「我們的耳膜會不會先壞掉啊？如果繼續待在這裡的話……」宮成茜湊到月森旁邊，小聲地問。

號角聲不斷就算了，巨人的大笑聲還真是可怕啊！

「茜，我想該去鎮上的超商買一副耳塞了。」

「原來地獄裡也有超商？我怎麼現在才知道？」

宮成茜一臉訝異，同時腦海裡浮現各種便利商店的 logo。

「妳不知道嗎？抱歉，茜，這是我的疏失……」

月森說著說著沮喪了起來。

宮成茜見狀趕緊拍了拍他的肩膀道：「別這樣啦！又不是什麼大事，別露出一副想切腹謝罪的表情好嗎？」

不，等等，如果是月森哥，宮成茜覺得這傢伙很可能會真的切腹。

寧祿的聲音打斷了她思緒，「話說回來，經過方才的戰鬥，你們應該也累了吧？」

「的確是感到身心俱疲……」

宮成茜雙手一攤。

「那麼，暫且先拋開別西卜的事，至少今天先好好在這裡休息一晚吧！阿伊你覺得如何呢？」寧祿轉頭問向伊利斯。

「成茜想休息的話，我沒意見。」

伊利斯將目光投向宮成茜，將決定權轉交給她。

「那就這麼辦吧！被杞靈那個瘋女人追殺，害得我元氣大傷，整顆心到現在還七上八下的……」

點了點頭，宮成茜也認為大家必須好好休息。雖然別西卜反叛的事頗為緊急，但以這件事來說，最該緊張的人是路西法吧！

嗯，待會就問阿斯莫德有沒有辦法通知路西法好了……不過，或許路西法本人早就知情也說不定。

「那麼，就由我來帶路吧，我知道有間旅社還不錯。」

寧祿微微一笑，再度轉身，邁開他比一般人大上許多的步伐。

跟著寧祿在地獄第九圈內行走著，雖然這裡更接近地獄的最深處，景色卻沒有之前看到的可怕駭人。灰白色的石頭堆砌而成的高塔與碉堡環繞四周，上頭盡是長年累月經雨水淋過的灰黑痕跡。

雖然有不少建築，但道路比其他地方都來得寬敞，宮成茜猜想，應該是為了配合巨人族的體型而設計的吧？

行走同時，一直有地面微微震動的感覺，宮成茜有些吃不消，本來就因為戰鬥而疲累的身體，在持續的晃動下不由得暈眩起來。

搖搖晃晃，跟在寧祿後頭走著走著，宮成茜忽然間一個重心不穩、腳步踉蹌——

「小心！」

傳來寧祿的叫喊同時，宮成茜感覺到自己好像雙腳騰空……當她回過神一看，才發覺自己竟被寧祿一手撈起、放在掌心之中！

「哇啊！」

她忍不住叫出聲。

自己就像洋娃娃一般被寧祿握在手中……實在太羞恥了！

「那、那個，快放我下去！」

由於被舉高的緣故，宮成茜得以更近距離地看清寧祿的臉孔……寧祿雖然塊頭高大，給人粗壯的印象，卻意外地有一張清秀的容貌。

和周圍建築一樣灰白色的中長髮、雪白色的眉，眉形甚至偏細。一對水藍色的眼眸，眼形狹長且深邃，好似冰藍色的湖泊，讓人產生一種注視太久會跌進去的錯覺。

整體來看，寧祿也算是俊秀的美男子……只是體型比一般人大了點，可能相處起來會有些生理上的困難？

哎呀，真是的，她想到哪裡去了！什麼生理上的困難，太害羞了吧……

「宮成茜，妳的腦袋在想什麼？臉很紅哦。」

連底下的姚崇淵都注意到了，可見宮成茜的臉還真不是一般地紅，而是非常紅。

「才、才沒有咧！你這短腿臘腸才是快點長高吧，要不要請寧祿傳授一下長高祕訣？」被姚崇淵一語道破，宮成茜有些惱羞地回嗆。

「哈啊？妳這瘋女人，有種再給本天師說一次！」姚崇淵火大地直指著宮成茜咆哮怒吼。

「哎呀呀……兩位的感情真好呢……」

「哪裡好了！」

「哪裡好了！」

宮成茜與姚崇淵異口同聲地大喊，響亮的吼聲幾乎蓋過了附近的號角聲。

「哎呀，這實在是……怎麼還會說感情不好呢？」

寧祿搔了搔頭髮，不知該如何回應才好。

「你再過不久就會習慣他們這種風格了，寧祿。」

伊利斯走到寧祿身旁，由於身高差距，拍不到對方肩膀，轉而拍了拍對方的腰際。

「不過這代表其實茜沒那想像中的疲倦吧？我也能放心點了。」

月森將一手放在胸口上，好似因此感到慰藉。

「我說阿伊，你身邊這群人到底是怎麼回事？怎麼一個個都是宮成茜控呢？喔，差點忘了，阿伊你也是。」寧祿一臉困惑地轉頭問向身旁的伊利斯。

「你胡說什麼，怎能把我和那些人相提並論？」

伊利斯一手扠著腰，板著正色的臉孔道：「我明明是比他們都還要高一階的成茜控才是。」

此話一出，現場立刻一陣沉默。

可怕。

好可怕。

寧祿已經見識到這群人有多麼喪心病狂了，為了宮成茜這個女人連理智都不要。

他在心底發誓，絕對不要成為這種人，這個名為宮成茜的女人肯定有毒！

或許某種層面上來說，這女人比別西卜的大軍還要可怕啊！

「寧祿？你怎麼臉色發白啊？」宮成茜納悶地問。

「不，沒事沒事，我馬上放大人您下來！」

臉色蒼白的寧祿彎下腰，將宮成茜輕輕放回地面。

「啥？你到底怎麼了啊，寧祿？」

宮成茜不解，怎麼有種對方突然變得很怕自己的感覺呀？

「宮成茜大人，請您別再逼問我了，就當作什麼事都沒發生吧！」寧祿猛搖著頭。

見他這樣甩頭，宮成茜看得頭都要暈了。雖然很想知道到底怎麼了，但眼看寧祿這般堅持，她也不好追問下去……反正肯定不是什麼好答案吧？

在這樣奇妙的氣氛下繼續前進了一會，最後寧祿龐大的身影停在一間碉堡前，他緩緩轉過身對眾人道：「就是這裡了，冰湖旅社。」

寧祿向眾人介紹這間看起來平凡無奇的碉堡。

「冰湖旅社啊……名字是滿美的啦……」

宮成茜本來就沒有抱持太大的期待，畢竟這裡可是地獄，周遭又都是清一色的碉堡和尖塔，這個結果早就在意料之內。

只要能夠好好住上一晚，休息一下便已足夠。

「不不不，這不是單純裝飾用的名字哦，宮成茜大人。」

寧祿聽到宮成茜這麼說，馬上糾正，「請和我到旅社後頭一趟，你們就會知道了。」

他帶著宮成茜一行人繞過旅社，來到後門，此時映入眾人眼簾之內的景色，瞬間讓他們的神情都明亮起來。

「這就是冰湖旅社的名字由來，它真正的名字叫科奇圖斯湖。」寧祿向眾人介紹道。

看在宮成茜眼中，這座湖泊確實美如畫。湖泊四周綠意盎然的松柏環繞，倒映入澄澈的湖面，湖光水色好不浪漫。

除此之外，湖泊上頭籠罩著一片淡淡的霧氣，氤氳繚繞，彷彿冰晶飄散的冰霧，更多了神祕感，叫做冰湖實在當之無愧。

「好吧，我更正，這裡的確可以叫做冰湖旅社。」宮成茜清了清喉嚨，不好意思地改口說道。

「不過，妳可別想著下水玩耍哦，宮成茜。」阿斯莫德突然出聲勸告。

「為什麼啊？」宮成茜好奇地反問。

「這個嘛，妳自己下去碰碰湖水，就會知道我的意思了。保證妳了解後再也不會想下湖。」

阿斯莫德沒有直接講明原因，這種說明方式反倒讓宮成茜更躍躍欲試。

「阿斯莫德大人，您這樣說不太好吧？我看宮成茜大人真的想下去試試看了……啊，她已經脫掉鞋子到湖邊了。」

話還沒說完，寧祿就見宮成茜跑到湖旁，脫下鞋子與襪子，一腳準備伸進湖中。

「茜！」

月森本想上前攔阻，被一旁的阿斯莫德出手攔下。

「就讓她試試看吧，其實也挺有趣的，難道你不想看看她的反應嗎？或許會意外地可愛哦？」阿斯莫德嘴角上揚，壞心地笑著對月森道。

「意、意外地可愛嗎？茜可愛的一面……」

顯然，月森完全落入阿斯莫德的陷阱中了。

「如果是這樣……如果是這樣的話……」

反反覆覆地說著差不多的話，宮成茜控最嚴重頭號病患的男人，現正進入無限的想像與沉淪中。

看到這一幕的寧祿，再次於心底宣誓，絕對不要變成這樣的人！

同時，宮成茜在無人阻攔之下，好奇心與玩心爆發的她，終於踏進了冰湖之中。

「好涼，不對！是好冰喔！」

一進入水中，宮成茜馬上發出這種聲音變得尖銳的感言，一邊說身體還一邊打著寒顫。不過她很快地適應了溫度，鼓起勇氣繼續小步前進。

看到宮成茜平安無事地在湖中行走，本來有些擔心的某個宮成茜控，終於稍稍放下心。除此之外，月森心想好在自己沒有阻止，才能看到宮成茜剛剛打顫的表情……

「真是可愛呢……茜……」

月森一手托著下巴，沉醉在回憶中喃喃自語。

正在冰湖裡行走的宮成茜，則像是走出興致一般，不停往深處前進，湖水已經差不多淹到了她的膝蓋。

就在月森正打算出聲阻止她繼續深入時，宮成茜卻在此時尖叫了一聲！

「茜！妳沒事吧！」

月森立刻衝向湖邊。

宮成茜叫住他：「別、別過來月森哥！」

「茜，到底怎麼了！」

差點衝下去的月森趕緊踩了剎車，緊張地在岸邊大聲詢問。

「這、這座湖中……我感覺到有東西正在拉我的腳！」

宮成茜回應月森的時候，感覺被拉住的右腳不停地晃動，試圖想要從這種莫名的拉力中掙脫。

這一刻讓她想起曾經聽長輩說過的，湖泊或者河川裡都常常會有水鬼潛伏，等著人下水抓交替。

越想越毛骨悚然，宮成茜使出吃奶的力氣對著下方狂踩，不知就這樣踩了幾下後，她終於聽到一句哀怨無比的回應：

「好痛啊……拜託妳不要再踩我的頭了啦！」

幽怨的聲音從湖面下傳來，順著聲源低下頭一看，便見到不知何時浮出了半顆人頭，對方的身體被寒冰凍結，似乎最多只能將半顆頭浮出水面。

至於宮成茜覺得有東西拉住她的腳——事實上，是她不小心先踩到對方的手，對方反射性地抓住她，結果就被解讀成有水鬼想拉她抓交替。

基本上這傢伙都被凍結了，是要如何把她拉入水底呢？

宮成茜這麼一想，覺得自己實在太大驚小怪了……況且，這裡可是地獄啊，就算湖中有水鬼也沒什麼吧？

自己真是太沒長進了，連這樣都嚇一跳的話，之後要如何面對別西卜與他的大軍？

終於收拾好情緒，宮成茜往後退了一步，先對月森說了一句「沒事」，目光再看向水底這個被她踩得鼻青臉腫的可憐人。

「你怎會在水底啊？犯了什麼罪嗎？」

平靜下來後，宮成茜的求知欲再度點燃，只是這一回她小心翼翼地問，沒有其他動作。

「唉，這片冰湖裡不止我一個罪人吶。」

「不止一個罪人？」

宮成茜起初沒理解對方的意思，但當她抬起頭來，再將視線朝遠方望去……這才發現這座冰湖之下，還有無數顆隱約沉在水底的人頭！

宮成茜倒抽了一口氣。沒仔細看不知道，現在定睛一看真覺得有些恐怖，成千上百的人在湖面下載浮載沉……

而且每個人都是臉色蒼白、死氣沉沉。

不過，既然這些湖下的罪人沒有要傷害她的意思，宮成茜也就不急著上岸。

這時，方才被她問話的人再度開口：「妳不是這裡的人吧……這座冰湖，表面上是座美麗的湖泊……實際上是一座監獄，專門囚禁像我們這樣的罪人……」

男子嘴唇泛白得帶點青紫，以薄弱無力又散發深深哀怨的口吻接續道：「這裡有生前是賣國賊的罪人，也有暗殺者，以及背叛血親的罪人……」

「那你是哪一種呢？」

沒有為什麼，宮成茜單純好奇想問。

「唉，我也是逼不得以……才會出賣國家的情報吶……想當年，是他們挾持我的家人才……」

男子越說越感傷，音量也越來越小。

宮成茜不想再勾起對方更多悲傷的情緒，沒再多說什麼，只留下一句抱歉，便掉頭走回岸上。

「茜，妳還好吧？剛剛看妳好像在和誰講話？」月森第一個衝到宮成茜面前，緊張地抓著她的手臂，關切地問道。

「沒事沒事，月森哥你太擔心了啦，我只是被嚇到而已。後來也只是跟對方小聊一下罷了，沒什麼特別的。」

宮成茜一手拎著鞋子，拍了拍月森的肩膀。

「是嗎，茜妳沒事就好……」

月森眼簾低垂，搓了搓腕上隨時都戴著的保冷袋。

有時候宮成茜真覺得，會不斷摸著保冷袋尋求慰藉的月森哥，比剛才湖裡的罪人們都可怕啊……

「不過，我還有一件事很在意，地獄第九圈是專門關賣國賊跟暗殺者之類的人？」

宮成茜穿上鞋子，問向面前的眾人。

身為當地人的寧祿回答：「是的，第九圈本來就是特別設計給這些罪惡的靈魂受罰之所。只是近來別西卜軍隊大量進駐，破壞了不少刑罰設施，還吸收罪人成為軍隊的一分子。」

「等等，這不就表示別西卜的軍隊裡有很多專業殺手？」

姚崇淵在旁聽了馬上意識到這項重點。

寧祿點了點頭，「可以這麼說吧，別西卜的軍隊，大概是地獄裡最凶殘險惡的軍隊。」

「還真是不好辦啊，我們得罪了一個很不得了的傢伙呢，妳說是吧？宮成茜？」

姚崇淵將頭轉向宮成茜所在的方向，卻見宮成茜一手托著下巴，若有所思。

「妳在想什麼？」眉頭一蹙，姚崇淵忍不住問。

「我只是忽然想到……」

宮成茜換了個姿勢，雙手抱胸，一臉認真地道：「對付別西卜的大軍……或許有個方法可行！」

第二章

暗殺者與殺親者

Tuning Demon Project

一行人待在寧祿介紹的冰湖旅社內，雖然目前是休息時間，籠罩在眾人之間的氣氛，卻嚴肅且帶點對峙的狀態。

「我覺得不行——」

姚崇淵板著臉孔直接向宮成茜這般表明。

「你是在學時下流行的某個哏嗎？」面對姚崇淵的否定，宮成茜反而用著死魚般的眼神問道。

「什麼時下流行的哏，妳覺得我有這麼無聊嗎？我只是就事論事，覺得妳剛剛說的主意實在太異想天開了。」

姚崇淵先是一愣，接著才把要說的話說完。

「才不是異想天開呢，你們說是不是？」

宮成茜將話題轉丟給姚崇淵以外的其他人。接到她的目光，眾人一時間似乎都緊繃起來。

「妳瞧瞧，大家都不敢回答妳的問題啊，宮成茜。」姚崇淵嘴角微挑，笑著道。

「喂，你們都沒聽見我在問話嗎？月森哥難道你也是？」

一股不甘心的念頭，加上有些惱怒，宮成茜直接把矛頭指向最聽話……不對，是向來最挺她的月森哥。

「茜，妳剛剛說的那個方法……」

月森的眼神左右游移，就連那張冰山般的容顏也有些動搖，最後他嘆了一口氣，直接表明：「妳的方法或許可行，可是成功機率實在太小太小了。」

「唔！」

被月森這麼一說，宮成茜有些不知該如何回應，但是她並未因此退讓。

「就算機率真的很低，也是總有那一點點可能不是嗎？難道你們能想到比我更好的方法？難道你們就真打算一直任由別西卜威脅？」

她不清楚別人怎麼想，但她宮成茜就是無法忍下這口氣。

就算對方是地獄的第二把交椅別西卜又如何？

一定有辦法治得了那個惡魔！

她好不容易有個計畫可以打倒別西卜，說什麼都要努力一拚才行啊！

現場陷入一片短暫的沉默，大家你看我、我看你，面面相覷，顯然沒有人能立刻跳出來回答宮成茜的問題。

「你們實在太讓我失望了！到底是不是男人啊你們！」宮成茜沒好氣地對著這群人咆哮。

「宮成茜，這和是不是男人沒有關係吧？妳這樣是性別歧視喔！」

姚崇淵似乎受不了被如此指責，是眾男中第一個跳出來回應的人。

「那你說啊，要不要和我一起賭這個機會？跟著我冒險這麼一次？」

宮成茜一手扠著腰，反問姚崇淵的時候，實際上等同再次問向所有人。

「真是被妳打敗了……身為妳的責任編輯，居然不能支持自己的作者，我也實在該檢討了。」

第二個回應宮成茜的人，正是一手撓了撓後腦勺，撥了撥那頭酒紅色長髮的惡魔阿斯莫德。

「明明別西卜的事與我最為相關，我那愚蠢又自大的胞兄帶給大家困擾了……」

他挑起一抹苦澀的淺笑，抬起頭來，視線直接對上宮成茜。

「我決定加入。身為妳的編輯，更是因為身為那個麻煩精的胞弟，不管風險高低、成功機率多寡——我阿斯莫德都會全力支持妳。」

阿斯莫德輕輕拍了拍自己的胸膛，象徵著扛起責任與使命。

「阿斯莫德！」

沒想到最先答應與支持自己的人，竟是宮成茜認為最有顧慮的阿斯莫德，她的內心頓時充滿了感動與感謝。

可惜這份感動沒有持續多久，就被阿斯莫德下一句話打散了。

「希望在這場大戰後，我還能四肢健全地好好活著，我還得留著這副完美的身驅和妳繼續纏綿呢，宮成茜。」

「你還是斷個手或腳吧，變態紅髮惡魔。」

一如既往，宮成茜毫不留情地吐槽。

「真是令人心痛的回應呢，我可是目前唯一、也是第一個站出來支持妳的人，這樣對待妳的勇者跟編輯對嗎？」

阿斯莫德故作傷心的模樣，沉痛地摀著胸口。

「那你們呢？還是一樣不表態嗎？」

沒有理會阿斯莫德的表演，宮成茜再次問向其他人。

「我明白了。」

這時，月森終於下定決心，深吸一口氣後宣告：「我也會支持妳的，茜。我或許沒有阿斯莫德那麼強大的力量，只是一介普通亡魂，但是，想守護妳的決心，我絕不會輸給他！」

「真是會說話啊，不過只是因為被我刺激了而已吧？可不要漏氣哦，月森。」

阿斯莫德聳了聳肩膀，壞心眼地嘲諷。

月森沒有退縮，只是再次對著宮成茜強調：「茜，我知道妳懂我，一旦做好決定，就會全力以赴。」

「我知道，謝謝你月森哥。」

宮成茜向月森點了點頭。對於月森所言她從不質疑，因為她比任何人都清楚，切身體會過無數次，月森哥是多麼地在乎自己與重視自己。

至今為止，不管是生前還是死後，月森始終如一地守護著她……宮成茜再確定不過了。

雖然月森哥有時候的行為令人挺想吐槽，但這份貫徹到底的守護信念，使她和月森之間似乎處在孵化感情種子的狀態。

這件事，目前為止也只有她和月森哥知曉吧？

只不過究竟會不會有孵化成功的一天……宮成茜也無法確定，只因為還有太多因素。

比如阿斯莫德。

宮成茜現階段並不想處理情感這一塊，眼下最重要的仍是如何解決別西卜大軍。

「嗯，阿斯莫德都這麼說了，而我也不是那種貪生怕死的惡魔，也就一起參與妳的計畫吧，成茜。」

繼阿斯莫德與月森之後，伊利斯也跟著表態支持，使得本來無人參加的計畫局面逆轉。

「喂喂，我說你們也太快倒戈了吧？原本的堅持跟擔憂難道就這樣消失不見了嗎！」

除了寧祿之外，原本伙伴中只剩下姚崇淵一人仍未轉變立場。他跳了出來，毫不客氣地指責紛紛轉而支持宮成茜的那些人。

「我們的隱憂當然沒有改變，只是你也看到了，宮成茜如此堅持的情況下，難道你忍心看著她獨自去送死？」

面對姚崇淵的指責，阿斯莫德最先回答。

至於這個時候的宮成茜，正抱著從後背包裡跳出來、撲到自己身上的比希魔斯，靜靜地看著阿斯莫德和激動的姚崇淵。

「我當然不是這個意思，我怎麼可能狠心地看她去送死？」

姚崇淵板起臉孔，難得嚴肅地壓低嗓音道：「就是因為不想見她去送死，才要你們不要順她的意啊！如果你們都願意陪她一起執行，只是從她一個人死變成更多人死而已，依然無法消滅別西卜！」

握緊拳頭，用力地搥打了牆面一下，姚崇淵不是因為憤怒，而是出於一種無奈與無助產生的憤慨。

宮成茜說的方法根本是天方夜譚，與其眼睜睜看著大夥送死……他寧願撕破臉，也要在這之前阻止這群人做傻事！

講得坦白點，阿斯莫德和伊利斯是惡魔，本來就比一般人更有力量與求生的機會。月森則是已經死過一次的亡魂，對於死亡沒有那麼大的畏懼……可是他和宮成茜不一樣！

他和宮成茜，都是保有人世性命的靈魂，基於保護自己的本能，以及他認真思考過那個計畫的可行性，才會這般堅持自己的想法。

更何況，起初大家聽完宮成茜的說法後，明明和他一樣都認為這不可能實行，風險極高。

思至此，姚崇淵乾脆挑明道：「你們後來之所以變卦，都是為了討好宮成茜吧？好啊，現在再讓宮成茜把計畫說一次，就知道究竟可不可行，認為可行的話，必須把相關配套措施說出來才行！」

他當然也希望能夠有個突破口，可是若按照原訂計畫，根本只是宮成茜在說大話而已。

被姚崇淵直接點名，宮成茜喝了一口水，清了清喉嚨重申：

「我的計畫就是——找到別西卜的軍事基地，偷偷潛入其中，破壞重點設施，使他們兵力大大受損。這麼一來，我相信你們的地獄之主路西法，一定能更輕易地擊潰他。」

姚崇淵馬上提出問題：「妳這個計畫有很多破綻，首先，找到軍事基地就是一件難事。通常那種基地都會將位置隱藏得很好，甚至可能做出偽裝用的結界或屏障，肉眼難以發現。再來，妳想要破壞基地裡的重點設施，只靠我們這幾人夠嗎？其間一定會遇到別西卜的軍隊吧？妳真有把握做到？」

「凡事沒有絕對，不試試看怎麼知道能不能做到？」

宮成茜依然相當堅定。

「至於一開始你提的問題嘛……」

她一時間有些尷尬，不知該如何作答。因為她的確想得太簡單了，在提出這個計畫時，壓根沒想到姚崇淵所說的可能。

「關於第一個問題，我有個建議，你們要不要聽看看呢？」就在宮成茜苦惱時，寧祿開口道。

所有人的目光頓時集中在寧祿身上。

姚崇淵點了點頭回應：「你說說看吧，如果真的可行，那我也不會否定到底。」

「好的，那我以地獄第九圈的長期居民身分來談這件事……其實，依我認為，宮小姐的計畫只要配合得好，真的可以賭命一試。因為我也不希望地獄被別西卜擾亂，我也想試著阻止。」

寧祿表情沉重地說出自己的內心話。

雖然巨人族身形高大壯碩，力氣驚人，光看體型就讓人害怕，實際上，他們是一支喜好和平的種族，與外表給人的印象截然不同。

他們崇尚自然，愛好寧靜的生活，或許常給人簡樸笨拙的印象，但那正是因為他們顧及身形，不願破壞周遭事物。

自從別西卜的大軍進入地獄第九圈，寧祿發現，別西卜的軍隊在訓練時會帶來各種環境破壞。軍隊訴求的，正是提高至最大的破壞力！

地獄第九圈有著許多美麗的自然景觀，好比這座冰湖，在別西卜軍隊進入以前面積更為寬闊廣大。而軍隊曾在這一帶進行訓練過後，垃圾囤積造成生態破壞，為了更多空間也讓部分軍人填平一些湖面……

寧祿實在看不下去，他已經在這裡居住了這麼漫長的歲月，即便此處是懲罰受刑人的地獄，在他心裡仍是永居的家鄉。

沒有人也沒有魔鬼可以破壞他們的家——沒有人。

「這倒是勾起我的興趣了，你就單刀直入地說吧。」姚崇淵眉頭一挑。

「如果真的有辦法就太好了，寧祿你快說吧！」宮成茜也忍不住興奮地催促。

「咳，我不是很有把握，只是剛剛想到了一些法子……」

「你已經有想法了？」姚崇淵問道。

寧祿點了點頭：「是的，我可以推薦你們合適的人選。」

「推薦人選？什麼意思？」

這回換宮成茜好奇地發問。

「別西卜的軍隊裡，有叛國賊也有暗殺者，但他們之中沒有巨人族——我寧祿願意加入你們的行列，一起行動，摧毀別西卜的軍事基地。」

寧祿雖然是名高大壯碩的巨人，說起話來聲音卻平平穩穩，不會太過刺耳或大聲。此時他所說的話，一如他的音色，沉穩、堅定，且毫不虛偽。

「那個……你願意加入我們當然好，至少多了一個可靠的伙伴，只是這樣就夠了嗎？」姚崇淵皺起眉頭，狐疑地問。

「當然不只如此，我建議各位再去找兩個人加入。」

寧祿微微一笑，似乎對心中的人選很有信心。

「咳，寧祿，你說的『兩個人』該不會是『那兩個人』吧？你確定他們沒有加入別西卜陣營嗎？」

聽到寧祿這麼說，最先出聲的人，正是他的好友伊利斯。

不妙。

伊利斯的心中有股不好的預感。

他的直覺與腦內警鐘正強烈地告訴自己，寧祿待會提出的人選，會是他最不想扯上關係的人之一。

不對，不只是他不想扯上關係，他相信絕大多數人只要聽聞他們名字，就不會想和他們成為伙伴！

「我不確定，但是我不久前看過他們在第九圈活動，身上並無穿著別西卜軍隊的制服。」

相較於伊利斯的緊繃，寧祿仍是相當平常心。

「軍服只是一種識別方法吧？如果真是我想的那兩人，以他們的名氣和出眾的能力，實在很難想像別西卜沒有拉攏他們。」

何況，那兩人本身太過危險，讓宮成茜去接觸實在令人擔心吶。

「有沒有被拉攏，我們親自去找他們確認不就得了？」宮成茜站起身，攤開手，相當乾脆地說道。

「成茜，那是妳還沒聽到他們的名字，才會如此單純地說出這句話……寧祿，我們也別打啞謎了，你還是快點說出那兩個人選的名字吧。」

伊利斯將目光投向寧祿。

「嗯，也是，說這麼多猜這麼久，沒有得到大家同意的話也沒用。各位，我所提議的另外兩名人選，分別是——開膛手傑克與該隱。」

第三章

地獄特攻隊

Tuning Demon Project

「等等！先讓我弄清楚，寧祿，你說的開膛手傑克，是那個歷史上在倫敦東區殺害了五名妓女，以手段凶殘聞名的那個開膛手傑克？」宮成茜眨了眨眼，愣愣地問。

寧祿毫不猶豫地點頭，「沒錯，看來妳還滿清楚的嘛。」

「唔！果真是那個可怕的傢伙嗎？雖然一度以為可能是冒牌貨或者同名人士，但想想這裡是地獄啊！那種惡人死後出現在地獄裡根本再正常不過……」

宮成茜倒抽一口氣，沒想到自己真有一天能在地獄見到歷史名人，而且還是惡名昭彰的超級危險分子！

如果這樣的人都在寧祿的口袋名單中，那麼，另一個該隱應該就是……

「別懷疑，我說的該隱，就是《聖經》中那個殺害手足的該隱哦。」

寧祿回答得非常乾脆，斬釘截鐵，聽在宮成茜耳裡還真是令她膽顫心驚。

「沒、沒問題吧？你說的這兩人都是危險人物啊！」

難怪伊利斯剛剛會那麼說……

不管該隱還是開膛手傑克，都是聞名於世的大惡人！

開膛手傑克——鎖定妓女下手，以極盡殘忍的手段將被害人開膛破肚，據說解剖技術一流，使人一度懷疑擁有醫師背景，並且作案前屢次向警方寄信挑釁的可怕犯罪者。

該隱——亞當與夏娃的長子，亞伯的哥哥，因為暴怒的脾氣和妒嫉，親手殺害了自己弟弟。手刃血親、背叛上帝與家族的男人。

這兩人怎麼想都覺得不適合成為同盟伙伴吧……

寧祿的腦袋是不是壞掉了？

她甚至懷疑，其實寧祿是別西卜派來的間諜吧？

只要遇上這兩人，不是被背叛殺死，就是被開膛剖腹而亡，光是想到這裡，宮成茜就不自主地打了個寒顫。

「這兩人確實很危險，可以說是地獄第九圈最危險的人物吧！」

「既然如此，為何還要將這兩人推薦給我們？」

聽了寧祿的回答，宮成茜更是一頭霧水了。

「在他們成為我們的伙伴之前，我們應該會先成為他們刀下的羔羊吧？」

月森和宮成茜的看法一致，難以接受這兩人成為同伴。除此之外也正如伊利斯所言，如此惡名遠播的兩人，更適合別西卜的陣營吧？

「你會推薦這兩人，肯定有什麼考量，我們想聽聽你的原因，寧祿。我知道你的個性，也了解你的為人，你不會說出違背自己良心的話。」

伊利斯雙手抱胸，平時就十分嚴肅的臉孔，此刻更為凝重。

撇開伊利斯身上還有一半的惡魔血統，他和寧祿都是傳承了泰坦巨人之血的後代子孫。

最早期的時候，泰坦巨人高傲自大，自恃強大的力量，以為他們所向披靡。直到當年與天界一戰，選擇站在路西法方的他們被打得相當狼狽，從此再也不稱呼自己為泰坦族，並且收斂氣焰，變得簡樸又有點愚笨單純的感覺。

巨人族其實一直都在壓抑，他們如今看起來好欺負只是因為他們選擇忍耐，他們內心仍是比任何種族都還要來得勇敢且有衝勁，而且不會再像當年那樣無腦行動。

每一句話，都是經過冷靜思考加上果敢的個性綜合出來結晶。加上伊利斯了解寧祿的個性，如果沒有合理且值得考慮的原因，這傢伙不會說出這樣的話。

「是的，請各位聽我說完，就會知道為什麼了。」

即使面對眾人的懷疑與質問，寧祿仍氣定神閒地坐在他特製的巨大位子上，如此說道。

「各位，開膛手傑克生前的惡行，能讓當年整個英國警察都束手無策的殺人犯，某種層面上來說，是不是傑出的暗殺者？」

「這……雖然聽起來好像很奇怪，但你這樣說也沒錯。」

宮成茜有點猶豫，視線飄忽不定。

「至於該隱，雖然他當年殺了自己的胞弟，但據我所知，他對別西卜抱有敵意。」

「那個該隱？怎麼會！」

宮成茜吃驚地睜大眼睛。

「還真是令人意外的消息。寧祿，你確定那是真的嗎？」

伊利斯同樣難以置信。不過這也不無可能，地獄裡不是每個人都看得慣別西卜的作為，至少像他們就是如此。

「親愛的伊利斯，你太久沒回來第九圈了。你去街上隨便問路人知不知道該隱是誰，相信我，絕大多數人都會回答『你說那個超討厭別西卜的怪人嗎』，諸如此類的答案。」聳了聳肩膀，寧祿肯定地道。

「雖然你這麼說，我還是覺得很不可思議啊……該隱為何討厭別西卜呢？那兩人之間有何過節？」

宮成茜一手拄著下巴，陷入了思考模式之中。

接著她猛然抬起頭，一手握成拳狀敲在另一掌上，像是悟出什麼大道理般驚呼：

「啊，該不會別西卜曾經對該隱始亂終棄！」

「妳的腦袋才對妳始亂終棄吧！這是什麼奇怪的推論啊！」

姚天師馬上發揮他最擅長的技能，吐槽宮成茜。

「居然這麼說我！可惡的短腿臘腸狗快去喝你的牛奶啦！」

被狠狠地潑了一桶冷水，宮成茜咬牙切齒地瞪向姚崇淵。

明明她的猜測也很有可能啊，同性之愛在地獄應該沒什麼奇怪的，這兩人若真有什麼不可告人的關係也很正常吧？

兩個叛逆的傢伙相愛相殺……

「喂喂，宮成茜妳的表情又透露一切了哦，妳肯定在幻想什麼糟糕的東西吧？」

一見到宮成茜那恍惚又陶醉的神情，過去的經驗告訴姚崇淵，這女人恐怕又在想像讓人毛骨悚然的事了。

「嘁，我幻想什麼你管得著嗎？咳咳，總之，我大致上可以理解寧祿的意思了。」

清了清喉嚨，宮成茜再次拿起桌上的茶杯，又啜了一口水潤潤喉。

「所以妳怎麼打算呢？接不接受寧祿的提議？」阿斯莫德開門見山地問。

「咦？為什麼問我？不管開膛手傑克還是該隱都很危險哦！」

「正是因為很危險——如果是妳宮成茜的決定，我們都願意為妳冒這個險。」

阿斯莫德對著宮成茜微微一笑。

「雖然不是很想讓那個紅髮風流惡魔代替我發言，但這傢伙的確說出本天師的心聲，宮成茜。」

姚崇淵嘴角挑起一笑，對著宮成茜展現那帶點迷人魅力的笑容。

「我把選擇權完全交給妳，成茜，妳只需考慮自己是否想這麼做就好，其他什麼都不用煩惱……有我們在。」

伊利斯的臉孔一如既往地凶惡，一字一句卻都飽含了真誠與溫暖。

「什麼時候我們家伊利斯也會說這麼好聽的話了？真是可怕的宮成茜病……」

寧祿不禁一陣惡寒竄過全身。他認識伊利斯這麼久以來，對方雖然沒有外表那般凶狠，但也沒溫柔體貼到哪裡去。

好可怕啊……他再度見識到宮成茜病的厲害……果然這不是一般的控而是病了！

撐住啊寧祿，你要當這群人中最後的清流！

「你怎麼突然一臉糾結，寧祿？」

宮成茜發覺寧祿講完話後，臉色似乎又不好看了。其實不止這次，她時常看到寧祿雙眼睜大盯著她看，露出驚恐的神色。

真不知道這個巨人的腦袋裡在想什麼，她有長得那麼駭人嗎？

「既然大家都這麼說了，我大概也不用特別表態了吧。茜，妳知道我一直都無條件支持妳。」

月森沒有理會宮成茜針對寧祿的話，將話題拉回原先討論的事上。

「大家……你們的心意我都收到了，你們把話說到這分上，我不做出果斷的決定就對不起各位了。」

宮成茜一手攤開來，她的動作看似隨興，卻也透露出她已經不再猶豫。她舉起手，再一鼓作氣地用力揮下，伸出食指宣告：

「我，宮成茜，決定讓開膛手傑克和該隱成為我們的一分子——組成一支地獄特攻隊！」

別西卜軍，軍事基地。

一座由地獄鋼鐵架構而成的龐大建築，龐大的身姿立於這片空曠大地之上。天空灰暗，從昨日開始下了第一場雪，皚皚白雪紛飛，像是感傷的小精靈落在這片土地上；更像是眼淚。

若是地獄有靈性，這或許是它哭泣的象徵吧。

白雪鋪蓋地面，將一切籠罩在雪色裡，在這彷彿無垠的白色之中，有兩種顏色破壞了這片和諧。

紅色的火焰，從那棟偌大的基地中噴射而出——更正確地說，是從巨大的黑色煙囪排放而出，在這片雪白大地中異常醒目。

至於第二個顏色，來自別西卜軍隊身上的黑色軍服。軍人在冰天雪地的天氣下接受各種嚴酷的訓練，除了鍛鍊體能，也在抹殺他們最後的良知。

「軍隊裡不需要有沒用的傢伙！」

站在最前頭的指揮官，以宏亮震耳的嗓音對著底下部隊大喊。

「這種天氣下，糧食不僅短缺，而且還會很慢才會送到基地！」

指揮官氣勢昂然地繼續喊話，此時還沒有人知道，他接下來將說出令人為之戰慄的命令。

「你們今天沒有飯吃，未來一個禮拜也沒得吃！還想活命的傢伙，殺了那些沒用的廢物吧！以他們的肉做為活下去的糧食！」

此話一出，肅靜的現場更是一片沉寂，每個人都愣住了，萬萬沒想到指揮官會說出這樣的話。

眾人你看我，我看你，面面相覷，恐懼和危機感在彼此的眼神之中拉距。有人害怕餓死，有人害怕被殺害，有的則完全不知所措、腦袋一片空白。

恐懼就像一隻野獸，站在所有人背後，張開血盆大口，準備吞噬一個個徬徨無措的羔羊……

此時，其中一名軍人嚥下一口口水，他實在太餓了，飢餓感占據了他全部的意識。斗大的汗從他額前流下，充滿血絲的雙眼，緩緩地鎖定一名前陣子受了傷的同袍。

「唔……」

雙眼滿布血絲的軍人，在不自覺的情況下，發出了宛如狼嚎般的低吼。

「你、你想幹嘛？我們之前可是一起背對背作戰過啊！」

腳受傷的軍人反射性地往後退，他的直覺告訴自己——不妙，眼下的情形對自己大大不妙。

只是他已經沒有逃生的可能了。

在他面前，曾經一起並肩作戰過的同袍，眼中已經失去了理智。對方拿起了手上的劍，再也沒有猶豫——

砍向曾經生死與共的同袍。

奪了他的肉，鋸開了他的骨，在眾目睽睽之下，被飢餓感淹沒所有理性與良知的軍人，大口大口蠻橫地吃了自己的戰友。

就像骨牌效應，一旦第一個骨牌倒下，接二連三類似的事件將重覆上演，直到鮮紅色染遍大地。

宮成茜做了一個惡夢。

夢裡，一群穿著同樣服裝的人們，互相殘殺。血色染紅了大地，淒厲的哀號直上雲霄，在地獄裡上演著真正符合地獄才有的景象。

宮成茜從夢中驚醒。

她很少有被惡夢嚇醒的經驗，就連身在地獄的期間，經歷了大大小小無數緊張劫難，也沒讓她做這種駭人的惡夢。

她不由得抱緊懷裡的小漢堡，毛茸茸的比希魔斯，藉此尋求一點慰藉和療癒。

剛剛那場夢究竟是怎麼回事？

雖然納悶，但想想這不過是一場夢而已吧？

那股不舒服的餘韻，仍殘留在宮成茜的體內，她不禁將臉埋入比希魔斯柔軟的胸口中，想要用更多的療癒力量清除不適感。

「妳到底在幹嘛？比希魔斯的毛都要被妳蹭亂又蹭髒了。」

姚崇淵的聲音從旁傳來，打斷了宮成茜尋求慰藉的時間。

「你這單細胞的笨蛋臘腸狗天師不懂啦……而且女生的臉到底哪裡髒了？難怪你交不到女朋友。」

宮成茜沒好氣地白了姚崇淵一眼。

「咳咳！本天師交不交得到女朋友不關妳的事吧！倒是妳給我振作點啊，是妳要來找開膛手傑克和該隱的，結果坐車坐到一半睡著是怎麼回事？」

姚崇淵先是一手摀著胸口咳嗽幾聲，接著馬上反擊。

「唔，就不小心睡著有什麼辦法……我也是因此做了一個惡夢吶……」

宮成茜小聲地咕噥，別開了目光。

在冰湖旅社安頓好行李與房間後，一行人就在寧祿的帶領下搭車前往小鎮中心。

根據寧祿的說法，開膛手傑克居住在舊城區，似乎那邊能讓他回味當年在倫敦的種種。

不過，畢竟這裡是地獄，開膛手傑克不像生前那樣自由自在，每日都得接受勞動懲處。

「對了，雖然我知道他可能住在舊城區，但是詳細地點就不得而知了。」

「這麼說來，我們得花點時間在舊城區找他囉？」

宮成茜本就沒有抱太多期望，大抵知道搜索範圍已經很好了。

「抱歉，的確得這麼做，我能做的僅僅是帶你們到舊城區而已。我知道時間很趕，分秒必爭，畢竟不曉得別西卜的軍隊何時會發動總攻擊……」

寧祿眼簾低垂。

在這臺特製巨大化的公車之中，即使是巨人族，也能自在地坐在位置上。至於宮成茜等人，對他們每一人來說座位都是大得可以。明明旁邊標注的是一人座，但根本是五人座的大小！

「巨人族生活的城鎮，尺寸上明顯和我們不一樣啊。」

宮成茜輕輕地拍了拍旁邊的大空位，不禁喃喃自語。

「尺寸……嘿嘿，不知道巨人『那裡』的尺寸是不是也特別巨大？」

姚崇淵賊賊地笑了起來，表情齷齪。

「真是骯髒下流的傢伙。」

宮成茜搖了搖頭。

「如果你這麼想知道，我倒是不介意讓你看個過癮，相信會徹底打擊你身為男性的尊嚴與信心。」

寧祿聽到姚崇淵的話後，反倒很平靜地道。只是他表現得越是平靜，看在姚崇淵眼裡越是有種……難以言喻的壓迫感。

其實這是赤裸裸的威脅沒錯吧？

姚崇淵嚥下一口口水，揮了揮手道：「不、不用了，我又沒有看男人那裡的嗜好。」

「明明就是怕看了自嘆不如吧。」宮成茜呈現死魚般的眼神，冷冷地吐槽。

「不過開膛手傑克啊……雖然是個可怕的人物，但還真想親眼見見他的真面目呢。」話鋒一轉，宮成茜望向車窗外的景色，如此說道。

「哦？一般人可不這麼想，說不定會有性命危險呢。」寧祿眉頭一挑，頗為好奇地反問。

「寧祿，你是在地獄土生土長的對吧？那你應該不了解開膛手傑克當年在人世有多麼出名。」宮成茜對著寧祿微微笑著說。

「我知道他很有名，也是罪大惡極之人，否則不會淪落到地獄第九圈受罰。但這和妳期待見到他有什麼關係嗎？」

寧祿仍然無法理解宮成茜的期待。

「是這樣的，開膛手傑克到最後都沒有被警方逮捕，沒有人曉得開膛手傑克的真實身分，就連性別都是一個不確定的謎團。既然他已經下了地獄，若有機會親眼見證與揭開這個謎底，我當然會期待啊！」

宮成茜接續說：「很多人猜測過開膛手傑克的身分，有人說他很懂得人體結構，對解剖很有一套，可能擁有醫生背景。也有人說他是精神病患，畢竟像他那樣的作案手法實在太令人髮指。」

「原來是這麼回事。如果是因為這些傳聞，的確會很想親眼見證一番。」

聽完宮成茜的解釋，寧祿終於有點明白對方的心情了。

「那麼該隱呢？妳也會持期待見到本人嗎？」

既然都提到了開膛手傑克，另一名他們要去拉攏的人選，寧祿也想問一問宮成茜的看法。

「該隱嘛……雖然也抱持一定的期待感啦，但比起蒙著神祕面紗又真實存在過的開膛手傑克，我還是對傑克比較感興趣。」遲疑了一下，宮成茜緩緩地說出她的答案。

「不管開膛手傑克還是該隱，都不是值得信任的人物，妳只要記得這點就好。至於期不期待，都是其次。」

阿斯莫德的聲音從車廂前頭傳來，叮嚀著宮成茜。

「我的想法和阿斯莫德一樣。成茜，我們支持妳的決定，但該謹慎的地方仍要注意。」

在阿斯莫德之後，開口之人正是伊利斯。

「我知道，我不會掉以輕心的。對我來說期待揭開真相是一回事，注意與謹慎又是一回事，放心吧各位！」

宮成茜拍拍胸脯對著眾人保證。

就在這時，這輛超大型公車似乎抵達了目的地，車速慢了下來，最後停泊在一根豎立在街道旁的站牌前。

一群人下了車，宮成茜向同為巨人族的公車司機道了謝，便抬起頭查看旁邊的站牌，上頭寫著斗大的一行字：「舊城區」。

自從來到地獄，宮成茜似乎被灌注了某種語言能力，自然而然地能看懂地獄文字。起初她有點驚訝，如今在地獄裡闖蕩這麼久了，早就習以為常。

「為什麼這裡叫舊城區？」

宮成茜轉頭問向當地人寧祿。

「這裡是地獄第九圈最早開發的地方，目前仍是市中心，但人口漸漸外移，居民比以往少了許多。也因為開發較早，加上久未翻新公共設施，這裡就散發出一股老舊的氣息。」

寧祿低下頭來回答。

這時一旁的伊利斯道：「等她自己進舊城區逛一圈，就會明白了。」

「我想也是。」

寧祿點了點頭。

「好，那現在我們分散開來，在舊城區找尋以及打聽開膛手傑克的消息吧！」

宮成茜發布命令。她想要以最快最有效率的方式找到人，雖然這方法聽起來得花很多時間，但也是目前唯一想得到的法子了。

「就照妳的方式進行吧！不過，對妳來說這個地方人生地不熟的吧？是不是要找個人跟妳組隊一起行動？」

姚崇淵爽快地回覆，畢竟他也很好奇開膛手傑克的真面目。他有紙鶴可以先替自己指引與觀察方向，但宮成茜可沒有這個能力。

「還要組隊多麻煩，大家分散開來才能更快得到消息啊！放心啦，我會認路，再說真的迷路的話，找個路人問路就好。」

「妳說得還真簡單啊……」

眼看宮成茜露出一排皓齒、笑笑地這樣回答，姚崇淵還真不知該說什麼好。

與其說這個女人樂天派，倒不如說她根本不動腦吧？

只是姚崇淵也很不太懂，像這樣沒啥女性魅力的傢伙，為何能把身邊的男人迷得團團轉呢？

還是別理解比較好，畢竟他自己也是淪陷的其中一名成員。

「沒別的問題了吧？就地解散！」雙手擊掌一聲，宮成茜如此宣告。

大夥各自分配好找尋與探聽的方向，約好相聚的時間後，便開始分頭進行。

宮成茜分配到舊城區的東邊，往教堂那一帶打聽情報。她已經很久沒有像這樣獨自一人在地獄裡，不過側背包裡還裝著一隻比希魔斯，因此嚴格說來她還有一個伙伴隨行。

雖然很想讓比希魔斯一起加入搜索行列，但她總不能叫一個不會說人話的小傢伙執行這種任務吧。

舊城區充滿了異國的情調與風味，古典與現代交融，褐色石片像魚鱗般整齊地鋪在地上。空氣濕濕冷冷的，宮成茜不禁將身上的外套拉緊，盡可能防範冷空氣的入侵。

旁邊的住宅相當有城堡風情，尖尖的屋頂，房子跟房子之間並排在一塊，逛著逛著，宮成茜覺得自己好像到了英國遊玩一樣，搜查的過程中不禁生出一股觀光心態。

當然，她沒有忘記本分，幾乎是見到人就拉過來詢問開膛手傑克的消息，再透過對方的回答，縮小搜索範圍。

在這裡打聽消息挺費脖子的力氣，因為這裡有不少巨人族，打聽的過程中得頻頻抬頭並且大聲詢問。

儘管陸續問了一些人，仍沒有掌握到開膛手傑克確切的住處……

不過，至少聽到一些滿有意思的消息。

「開膛手傑克？妳是說那個刺青男？我只聽說過沒見過，不認識他！」

「開膛手傑克啊……那傢伙滿有名的，但他常常消失好一陣子才會出現。」

以上就是宮成茜聽到幾則比較有用的消息，她從這些人的口述中綜合出一項情報——

「開膛手傑克是名男性，身上都是刺青，而且行蹤縹緲不定。」

除此之外，這樣聽下來，開膛手傑克好像沒想像中危險？

會不會是寧祿和其他人多慮了呢？

「想短時間內找到他似乎不太容易……真是令人頭疼吶。」

宮成茜苦惱地搔了搔頭髮。

隨著時間流逝，四周開始起霧，蒙上一層白茫茫的霧色。

「怎麼起霧了？」

抬頭看向天空，本來美好的晴天白雲，一眨眼就變了調。不過也因為這場突如其來的霧，讓宮成茜覺得更像是身處在素有霧都美稱的英國倫敦。

真好啊，其實宮成茜對於倫敦總抱持著一種嚮往。在人世的時候，由於寫稿與其他工作的關係太過忙碌，幾乎沒有什麼時間可以出國旅遊。

想想真是諷刺，在人世無法享受到旅遊的風光跟怡然，反而在地獄裡才能體驗到這種樂趣……啊不對，現在不是沉醉景色的時候。

「霧怎麼越來越大啊？連前面的路都看不清楚了！」

白霧越來越厚重，而且聚集的速度很快，現在就連三公尺以內的景色都無法看清。

「小漢堡，該怎麼辦才好？看不清路，要怎麼回去說好的集合點呢……」低著頭問著剛從背包裡跳出來的比希魔斯，宮成茜的語氣帶了點小小的慌張。

「啾……」

比希魔斯小小聲地回應，好像同樣不知所措。

「我也真是的，居然問你這種問題……對不起哦，小漢堡，你一定也和我一樣感到不知所措吧？沒關係，我們一定會找到對的方向回去。」摸了摸比希魔斯柔軟的腦袋，宮成茜溫柔地道。

「啾！」

比希魔斯也很有靈性地回應，聽在宮成茜耳裡就像是在說「沒問題」一樣。

宮成茜心想，還好這時候有比希魔斯陪伴自己，不然她很可能會持續慌張下去。

為了小漢堡，也為了自己，宮成茜鼓起勇氣在一片迷霧中前進，打算靠著直覺走到約定好的集合點。

在白茫茫的霧中前進，多少讓宮成茜感到有些緊張。她不確定自己每邁出去的一步是否正確，也不曉得前方是否有危險的障礙物，又或者若可能不小心會撞到人。

後來宮成茜想到一個辦法：

一手扶著旁邊的建築物牆面前進，應該或多或少可以避開阻礙或者撲空的可能。

此時此刻，在這片濃霧之下的第九圈舊城區，就像是突然換了一個世界，變得相當安靜，幾無人聲。

大家都到哪去了呢？

難道街上只剩下她一人嗎？

各種猜測從宮成茜的腦袋裡浮現，但目前也別無他法，就是得不斷地前進，總覺得留在原地不會是個好選擇。況且，若待在原地不動，對她來說似乎更會讓自己感到不安。

身子一定要動起來，而且在濃霧降臨之後，氣溫也變得更冷，如果都不動恐怕會被凍傷吧！

「沙沙。」

奇異的聲響傳來，宮成茜停下腳步，左右查看。只是在這片雪白霧色之中，她什麼也沒看到，只有擾人的皚皚濃霧持續籠罩著四周。

「啾啾……」

宮成茜一開始以為只有自己聽到，一度懷疑是不是錯覺時，抱在懷裡的比希魔斯也發出了聲音。好像在告訴她，牠也查覺到剛剛那道不尋常的聲響，要她小心點。

摸了摸比希魔斯的頭，宮成茜繼續邁開步伐，只是才前進幾步，便感覺身邊好似有一道詭異的氣息。

「呵呵……」

「是誰！」

這種情況下若是遇到敵人，她根本連敵人都看不清楚，是要如何防範？

「不要畏畏縮縮的，出來啊！」

宮成茜先讓比希魔斯跳回背包之中，同時拿出了武器，正是一段時間沒有上場的「破壞F4紅外線」。

喊話之後，宮成茜仍然沒有得到任何回應，更沒有看到任何身影從白霧中出現，就在她稍稍放鬆警戒之際，後頸忽然感到一陣冰涼！

宮成茜倒抽一口氣，雖然只有一瞬間，但她非常確定自己被摸了一下！

不管是什麼人，她能確定對方的體溫非常低，比這寒冷的氣溫還要低，一被碰觸的剎那，就讓她不由自主地打了個寒顫。

「你是別西卜派來的嗎？告訴你，我可沒那麼容易被擊倒！」

宮成茜握緊手中的武器，扯開嗓子對著濃霧大喊，她無法知道對方藏身何處，但她至少可以放話宣告，她知道對方一定會聽得到。

這次喊話之後，宮成茜得到的依然是一片寧靜。

「哼，被我說中了嗎？別西卜的走狗！」

此話一出，宮成茜當下聽到了一聲低沉的怒哼——她聽出來了，對方是男人！

「是男人就出來啊！躲在濃霧裡算什麼男子漢？何況你的對手還是個女人呢！」

宮成茜馬上逮到機會又補了一句。

就在下一秒——

「嗚！」

一道冷冰的觸感再度襲上宮成茜，但這回並非只有像之前那樣輕輕碰觸……她低頭一看，不知何時一把鋒利匕首已經架在她的脖子上。

宮成茜嚥下一口口水，完全不敢輕舉妄動。但是，她也總算逼得對方出手，反擊得當的話或許就有機會一舉拿下！

賭上自己的性命安危，宮成茜正想出奇不意地過肩摔反制對方，沒想到對手的動作更快，率先敲暈被他架住的宮成茜！

在失去意識之前，宮成茜扯開後背包，吃力地推了比希魔斯一把。

「快去……」

來不及說完，宮成茜就昏了過去，癱軟無力地倒在冷冰冰的石板地上。

第四章

濃情密意解剖妳

Tuning Demon Project

在睜開雙眼之前，宮成茜先聽到疑似是木柴燃燒的劈里啪啦聲響，聽起來很溫暖，但也讓她才剛恢復意識就得馬上警戒。

儘管頭還很重，宮成茜仍勉強地睜開雙眼。第一眼看到的景象，是頭頂上的天花板，看起來斑駁老舊。

再來注意到的，是映在天花板上的微微橘紅色火光，她轉頭一看，果真就見到正在燃燒木柴的壁爐。

看起來的確令人感到溫暖，但那是在一般情況下，宮成茜就算是剛清醒過來，也很清楚自己的處境。

她是被人擊暈才會出現在這裡的，這點宮成茜沒有忘，反倒因為頭部的沉重與微微痛楚讓她至今印象深刻。

她試著動動手指，確認自己的身體還能正常運作，畢竟天知道自己暈過去之後是否被動了什麼手腳……

好在，她的手指跟雙腿都還能動，至少現在身上沒有其他地方會痛，勉強低頭也看不出有其他傷口……宮成茜暗暗鬆了一口氣，她也很明白這只是暫時的，不久的將來或許還有更大的危機在等著她。

總之，她目前似乎完好無傷，這已經比預期的還幸運了。只不過就像電影情節，她的四肢被人用繩子緊緊栓在床上……不，嚴格來說是一塊長木板上，好像被當作物品一般對待。

宮成茜試著掙脫，可惜繩子綁得很牢固，一點點縫隙都沒有。就在這時，她聽到慢慢朝自己走來的腳步聲。

「嘻嘻，已經清醒過來了嗎？」

賊賊笑著，男性的嗓音，離宮成茜越來越接近。

「就是你嗎……在濃霧中偷襲我的人。」

宮成茜轉過頭去，映入眼簾之人給她的第一印象，就是渾身滿滿的刺青。對方穿著一件與天氣不搭的黑色背心，露出精實的手臂，手臂上是各種複雜圖騰的刺青，就連鎖骨的位置也刺了好像是女性頭像的圖案。

一頭金髮，戴著醒目的耳環，男子朝宮成茜吐了吐舌頭，就見到他也打了個舌環，相當明顯。

「唉呀，真是一點都不熱情的招呼呢，我還以為妳會很火辣地怒吼，拜託熱情點嘛。」

姑且讓宮成茜暫定為「刺青男」的傢伙，輕浮地回應。

只是宮成茜總覺得這人有些莫名地眼熟……

「啊，難道你是……開膛手傑克？」

腦海裡跳出這個念頭，宮成茜脫口而出。

「哦，妳認識我？原來還是挺熱情的呀，偷偷暗戀我、調查我。」

毫不遮掩地承認自己就是開膛手傑克，刺青男雙手一攤，笑了笑。如果撇開他的身分和渾身上下散發的危險氣息，開膛手傑克其實有一張帥氣的容貌。

藍色的眼眸、高挺的鼻子、白裡透紅的肌膚，若是身上沒有那些刺青和穿環，認真說來開膛手傑克是個西方美少年，只不過是歪掉的美少年，極度危險的存在。

起初她還以為開膛手傑克來到地獄、接受地獄的懲罰後，心性會變得收斂點……

沒想到還是對她出手了！

「既然你是開膛手傑克那就好說了，其實我——」

「停！才說妳有點意思，馬上又變成無聊的老太婆了嗎？」

「哈啊？」

聽到開膛手傑克這麼說的當下，宮成茜腦袋上方立刻浮現滿滿的問號。

其中最衝擊性的關鍵字，非「老太婆」這個稱呼莫屬了。

「老……太婆？」

很好。

非常好。

她宮成茜未滿三十歲，還正值青春年華的歲月，有生以來第一次被一個來自地獄的臭小子喊了……老太婆？

很好！

等她能夠動手的時候絕對要打死這個傢伙！

「妳以為我把妳綁來這裡，就只是要聽妳說這些毫無火花的話嗎？不不不，我要的是快感！打從綁架妳開始，就感受到以往我的目標所沒有的熱血沸騰！」

開膛手傑克語氣激昂，宮成茜卻有聽沒有懂。

「小鬼，有病要吃藥啊，不要放棄治療好嗎？」

她忍不住這樣說。

「哈哈哈！對，我有病，可是那又如何呢？這個病讓我過得非常開心！」

開膛手傑克大笑起來，瘋瘋癲癲的模樣讓宮成茜不禁皺起眉頭。

笑聲落下，金髮碧眼的刺青美少年走近，一把撩起宮成茜垂掛在木板旁的長髮。

「啊，多麼漂亮的秀髮呀……我把它剪下來如何？我會好好將它珍藏起來，放在剔透的玻璃罐中，每天拿出來欣賞一番。」

雖然開膛手傑克很像是在開玩笑，可是宮成茜心中明白，這傢伙肯定不是在說玩笑話。

她正想開口，開膛手傑克卻搶在她前頭道：「嗯，看在這麼美麗頭髮的分上，我就回答妳一個問題吧！來唷，想問什麼呢？」

宮成茜想了一下，才把問題說出口：「為什麼是我？」

「嗯？為什麼是妳？我還以為妳知道原因呢。」

開膛手傑克一手撓著自己的下巴，眉頭一挑，對於宮成茜的問題有些意外。

「我怎麼會知道！我根本就不曉得你的意圖，為何要把我綁在這！」

宮成茜身體蠢動著，想要掙脫身上的繩索，只是結果仍是徒然。

「呼呼，這難道是故意裝出來的嗎？欲擒故縱嗎？」

開膛手傑克用意味深長的眼神打量著宮成茜。

「欲擒故縱個頭啦！你到底是哪隻眼睛看到我這麼做了？」

宮成茜真的傻了眼，睜大雙眼瞪著對方。

「嗯？真的不知道嗎？我以為妳知道我是開膛手傑克，就懂得我為何要挑妳下手呢。」將手撐在宮成茜身旁的木板上，開膛手傑克的臉突然逼近，賊賊地笑道。

「開膛手傑克選定的目標，我記得都是妓女吧？我又不是在賣的……等等，你以為我是？」

宮成茜覺得自己好像突破盲點了。

這個盲點讓她很不是滋味啊啊啊！

「穿著花哨又獨自走在舊城區的女人，而且還不斷主動向路人問話……怎麼想都是在拉客呀，花哨小姐。」

「什、什麼？那哪是拉客！我是為了找你才打聽消息的耶！還有，我穿得花哨又哪裡得罪你了！」

花哨錯了嗎？她想把自己打扮得漂亮錯了嗎？

還有明明就是在打探消息，到底哪裡像拉客了？

原來傳聞中的開膛手傑克判斷能力這麼差嗎！

但是話說回來，這表示那傢伙其實暗地裡觀察她一陣子了嗎？

「難道不是？除此之外，我還從妳身上嗅到很不一樣的味道……那種可以迷倒地獄裡所有男人的香氣，可口得讓我現在就想直接解剖妳。」

輕輕碰觸到宮成茜的臉頰，宮成茜能清楚感受到對方粗糙的手掌，以及被藴磨蹭的刺癢感。

「你果真如傳聞一樣是個變態啊……」

宮成茜一點也不意外，反應平淡。

「還真是冷靜呢，的確和我以前的目標很不一樣，或許我真的看走眼了。不過……呼呼，偶爾這樣也挺有趣的。」

開膛手傑克伸出緋色的舌頭，舌環映入宮成茜眼裡，同時還發出灼熱的氣息，吹吐到她的臉上。

宮成茜反射性地閉上雙眼，對方吹出來的熱氣裡含有一股太過香甜的氣味，近似香精的味道。

到底是吃了什麼才會在口腔裡留下這麼濃的香氣？

這個答案很快就揭曉了，開膛手傑克站起身，從口袋裡取出一根顏色鮮豔的紅色棒棒糖，伸出舌頭舔了舔。

「為了這麼特別的妳，我應該先給妳吃點甜頭，就讓妳吃吃我的棒、棒、糖吧？」一臉邪惡地強調某個名詞，開膛手傑克拿著手中的紅色棒棒糖，在宮成茜的面前晃啊晃，嘴角更是挑起一抹不懷好意的笑。

想不到，面對性騷擾的宮成茜不顧人身安全地冷冷回應：「棒棒糖？我看是連牙縫都塞不了的小牙籤吧？」

開膛手傑克一時間愣住了，嘴角的笑容也瞬間僵住，只看到他的眼角正在抽搐。

「小、小牙籤？好、好大膽的女人，竟敢這樣說我！我還是第一次聽到有獵物敢這麼說……」

僵硬著身體，開膛手傑克臉色倏地刷白。

雖然知道說麼做很危險度，但她就是吞不下這口氣，她最討厭被奇怪的人性騷擾了。

就算是身為被綁架的人質，她也有身為女性的尊嚴！

「呵呵……哈哈哈！不錯，妳這個花哨的妓女還挺有勇氣，那麼就讓我來品嘗一下妳好了！」

一手扶著額頭，詭異地笑了起來，開膛手傑克冷不防將手裡的棒棒糖硬塞入宮成茜口中。

「唔唔！」

宮成茜發出抗拒的聲音，然而對方只是露出享受的表情，無視宮成茜的痛苦，強硬地將棒棒糖塞滿她的小嘴。

「啊……開頭就這麼令我興奮這樣不行吶……妳的叫聲點燃了我想更加……更加深入地貫穿妳的欲望呢。」

大拇指撫上宮成茜臉龐，看似溫柔的動作，卻搭配著淫邪的話語。

「唔唔……唔！」

甜死人不償命的糖分充斥整個口腔，加上棒棒糖撐開她的嘴，被塞久了也開始感到痠疼。但這些都不是重點，相較之下宮成茜更在意接下來開膛手傑克要對自己做的事。

「好了，現在開始肢解品嘗。」

話音一落，開膛手傑克拿出匕首，輕輕劃在宮成茜身上。

「嗚！」

疼痛感襲來，隨著開膛手傑克每劃下一刀，宮成茜就皺起眉頭，發出痛苦的聲音。

開膛手傑克刻意拿捏力道，每一刀下去都只是輕輕劃開宮成茜的肌膚，讓微血管破裂滲出一絲鮮血。但對宮成茜而言，這就是酷刑的開始，開膛手傑克在這之後要對她做的事……恐怕更為駭人。

她心跳加快，冷汗直冒，眼睜睜看著開膛手傑克低下頭來，轉而趴在她的身上，伸出舌頭舔舐她的傷口。

傷口本身的痛楚，加上被對方舔咬的刺激，交織成一種很奇怪的感覺，宮成茜不知該如何形容這樣的感受。

刺刺癢癢，還有些疼痛，然而抬頭看著前方的景色，又是莫名地煽情。

「礙事的衣服……」

一邊說，開膛手傑克一邊用匕首割開宮成茜的衣襟，露出半片雪白的胸口。

「真是柔嫩呢，只要我稍稍用匕首碰一下，妳的肌膚就會立刻綻出漂亮的紅花吧？」開膛手傑克嘴角挑起一抹滿意的弧度，對著宮成茜道。

「你這變態殺人魔！我不會讓你得逞的！」

宮成茜一氣之下如此咆哮，雙手更是拚命地搖晃想要掙脫。

「都到了這種地步還如此嘴硬呀？真是……讓我想到媽媽呢……」

開膛手傑克輕輕碰觸宮成茜的眼睫，「嗯，就連眼神都很像媽媽，我得改口一下了。」

他將身體壓上去，一點也不介意自己的衣服沾到鮮血，他突然睜大雙眼，捧起宮成茜的臉頰，用一種近乎瘋狂的口吻與表情對她說：

「我終於明白找上妳的原因了——不是因為妳花哨得像個妓女，而是妳的眼神、背影，和氣質都像極了媽媽！」

宮成茜一時間傻住，但很快地想起關於這傢伙的傳聞。

傳聞中，開膛手傑克可能生長在單親家庭中，只有母親帶著自己。母親由於婚姻不美滿的緣故，對於其他女性充滿了恨意，從小就將開膛手傑克關在家裡，嚴格禁止他和自己以外的女性接觸。

加上母親管教不當，時常發生家暴，在開膛手傑克心中留下深深的陰影。

長期下來，開膛手傑克對女性有了很深的誤解與扭曲心態，也導致他人格丕變。

當然這些都只是後人的猜測，但宮成茜認為不無可能，至少現在她親眼見證了開膛手傑克的行為，更是這般認定。

這傢伙說在自己身上看到母親的身影……等等，這是說她很殘暴的意思嗎？

不行，她一定要想辦法化解眼前這個局面！

「媽媽……我好想妳……我好想重新回到妳的子宮裡面，享受著被血水包圍的溫暖……」

開膛手傑克抱住宮成茜，側趴在她的胸口上，聲音微微顫抖。

雖然很想吐槽這個變態，宮成茜還是忍下來了，面對這種難以捉摸的類型，說什麼都不能輕易刺激對方，以免遇到更糟的情況。

「媽媽，妳以前都是這樣對待我的哦……只要我不聽話，就拿繩子將我綁住……只要我惹妳生氣，就會拿美工刀刺我……」

越說越哀怨，開膛手傑克現在就像個孩子一樣，向母親訴苦抱怨。

看著這副惹人憐愛模樣的開膛手傑克，宮成茜一度有些心軟，可是她曉得這僅僅只是短暫性的，因為這人的危險性仍舊存在……搞不好，認為她像自己的母親之後，她的處境更不利也說不定。

「媽媽，我會很聽話的……我想重新回到妳的懷抱，好不好？」

用臉頰蹭著宮成茜，開膛手傑克的聲調變得細小輕柔，好像擔心會觸怒宮成茜一樣。

開膛手傑克這般神經質且反覆無常的表現，看在宮成茜眼中除了捏一把冷汗外，更懷疑自己是不是真的錯了？

像這樣的人，真能找進來組隊成為反抗別西卜的一分子嗎？

開膛手傑克會不會像之前說的……反而成為隊伍裡的不定時炸彈？

正當宮成茜糾結之際，開膛手傑克的一個動作立刻將她注意力拉回。

「媽媽，讓我重新回到妳的體內吧？」

他微微一笑，帶著懇求的意味，深情款款地注視著宮成茜，然而他的手直接探進宮成茜的裙子之中，手掌壓在她柔嫩的大腿上。

「重新回到……體內？」

彷彿有一道閃電打中宮成茜的腦袋。

她眨了眨眼，腦中迅速跑過許多念頭，最後得到的答案，是她最不想面對的那個答案。

「媽媽，妳怎會不知道呢？當然是重新回到母胎之中啊。」

開膛手傑克放在宮成茜大腿上的手，又不安分地往更深處探進了一點。

「為了回到媽媽的子宮裡，只能將媽媽的肚子剖開，讓我埋進去，雖然無法全部被包裹，但也能享受到母親的溫暖。」

抬起臉來，匍匐在宮成茜身上，開膛手傑克兩頰上染有淺淺紅暈，注視宮成茜的眼神也越來越痴狂。

「不過，還有另一個方法……就是再造一個我。」

開膛手傑克站起身，不顧宮成茜想法地扳開她的雙腿，將自己的膝蓋侵入雙腿之間的空隙。

「讓我和媽媽交合，這樣媽媽的體內就能擁有我，我也能擁有媽媽——」水藍色的眼眸中透出瘋狂，開膛手傑克沉醉地說道。

「來吧！選擇吧！我把珍貴的選擇權交給妳，因為妳是我最愛的媽媽啊！」

舉起雙手，開膛手傑克興奮地大喊。

面對眼前這個艱難的選擇，宮成茜咬緊下唇，對她來說不管哪個選項都是死路一條！

她或許不是什麼貞潔烈女，可是那種行為對她而言只能和自己喜愛的人進行……何況是這種被強迫的情況下！

「真是天真的傢伙。」

宮成茜冷哼一聲，緩緩地吐出這句話。

讓開膛手傑克挑起眉頭，發出「啊？」的聲音。

「都什麼時候了，還在糾結這種小事？等別西卜的大軍壓境，你的確可以重返母胎了。」

開膛手傑克臉上的笑容瞬間不見，接著握起拳頭，咚一聲捶打在宮成茜旁邊的木板上。

宮成茜嚇了一跳，沒想到對方的反應會是這樣……難不成她踩到了地雷嗎？

對了，她想起來了！當初她好像也提到了某句話，才惹得開膛手傑克將她當場擊暈吧？

宮成茜思考的同時，開膛手傑克板起臉來，冷冷地道：「就算妳是媽媽，我也不允許妳說出這麼掃興的話。」

「掃興？」

這下換宮成茜不懂地看著對方，她真想搞清楚究竟是哪句話惹得開膛手傑克如此不悅。

「媽媽，妳是故意的吧？三番兩次提到那個人的名字。」

「那個人的名字？啊，難道你說的是——」

「住嘴，再提到那個名字，就算是媽媽我也不能原諒！」

開膛手傑克立刻打斷了她的話。

然而這下宮成茜明白了，在霧中遇到開膛手傑克的那次，以及剛剛，到底是誰的名字惹得對方如此生氣。

「很抱歉，我不是輕易妥協的女人。正是因為如此，我更要說下去。」

即便自己仍被綁在木板上像隻待宰的羔羊，宮成茜還是硬著頭皮說下去：「雖然我不知道原因，但是你憎恨——別西卜吧？」

才把話說出口，宮成茜的臉頰立刻被賞了一道火辣的巴掌！

清脆響亮的巴掌聲過後，宮成茜右臉頰留下了一個鮮紅的印記，以及熾熱的痛楚。開膛手傑克的力道之大，讓她嘴角都流出了血水，可是這樣仍不足以打退她的決心。

「我偏要說！因為這是我來找你的目的！我本來差點就要放棄了，以為找你組隊是錯誤的選擇，但是看到你的反應後，我知道你是可以利用的。」

「利用？妳還真是不怕死，這麼喜歡挑戰我的底線呢！」開膛手傑克的眉頭深深鎖起，撂下狠話：「下次妳再提到那個人的名字，可不是一巴掌而已，知道嗎？再說，我憎恨那個人又關妳什麼事？」

「當然關我的事！我不是說了嗎，別西卜的大軍即將壓境，一旦讓他統治地獄，我和你都可以回到彼此的母胎了。」

「唰！」

伴隨著一道風嘯聲，開膛手傑克直接將匕首一把劃過。

「嗚！」

劇烈的疼痛侵占了宮成茜的知覺，同時一道紅色的醒目傷痕在她的手臂上乍現。

「我說過了，妳再提一次他的名字，就算是媽媽也不能原諒。」

開膛手傑克伸出舌頭，舔了舔匕首上的鮮血，眼神如同刀鋒般銳利冷酷，「如何？即便這樣妳還要說下去嗎？」

「呵，你不懂我，才會說出這樣的話……」

宮成茜的臉上沒有絲毫退意。

「這點傷害不足以讓我退卻，就算你拿匕首架在我的脖子上，我還是會繼續說。」

眉頭微蹙，就算沒有生命之憂，身上多處傷口仍隱隱作痛。

「我要說的是——不管是什麼原因，我們真的需要更多人一起阻止別西卜的陰謀！」

開膛手傑克怒喊：「為什麼！為什麼妳堅持不閉嘴？妳就這麼想找死嗎！」

「因為如果我不這麼做，最後也只是死在別西卜的手裡而已！」

宮成茜不給對方餘地馬上又道：「現在死在你手上，還是之後死在別西卜手上又有何差別！」

一鼓作氣吐出心底的話，對宮成茜來說，與其被別西卜滅口，她寧可死在聞名於世的殺人魔手裡。

問她為什麼？

純粹只是因為她實在太討厭別西卜了！

「真是奇怪的女人，媽媽可沒這麼不要命啊……」

開膛手傑克一手扶著額頭，喃喃自語。

「真抱歉，我就是這麼胡來的女人，也完全沒打算當你媽。」

「妳要的，只有要我加入妳的陣營，一起反抗那傢伙嗎……」開膛手傑克壓低嗓音說道。

「很好，看來你懂我的意思了。」也不枉費她挨了這麼多刀。

只是……事情有這麼容易嗎？

傳聞中叛逆的開膛手傑克，真的如此容易就加入她的隊伍，成為伙伴嗎？

而宮成茜的存疑，很快就能揭曉答案。

開膛手傑克板著臉，緩步走到她身旁。看著他過來，宮成茜心跳加快，不曉得這傢伙又將對自己做什麼。

「既然如此……既然妳認為沒有差別，也不想成為我的媽媽的話……」

開膛手傑克帶著肅殺之氣，手中的匕首，揚起——

第五章

開膛之路有妳有我

Tuning Demon Project

宮成茜閉上雙眼。如果，她真要命喪在此……也不算太令人難過的事。

畢竟她已經盡了全力，試圖改變整個大局，只是結果不盡人意罷了。

不知為何，到了這一步，宮成茜的心情反而很平靜，就在她等待生命的終結時，赫然發現對方下刀的位置並非要害……而是綁在她身上的繩子。

宮成茜意外地睜開雙眼，愣愣地看著將繩子切開的開膛手傑克。她坐起身，第一個念頭不是馬上拔腿逃跑，而是納悶地問：「為什麼？」

「因為我厭煩妳這傢伙。」

言簡意賅的答案，自危險的金髮美少年口中說出。

「厭煩我？」

宮成茜腦筋又轉不過來了。

「雖然很有媽媽的味道，但倔強過頭了反而讓我厭煩，反正妳想死也用不著我動手。妳說過，那傢伙遲早會殺了妳。」

開膛手傑克將匕首收進口袋，冷漠地看著宮成茜。

「妳不是那些沒有尊嚴的娼婦，也不是媽媽，我連解剖的興趣都沒了。」

開膛手傑克雙手一攤，「妳走吧，我要去尋找下一個目標。」

「等等！難道你真的不願意加入我們嗎？難道你真想看著最討厭的人得到勝利？」宮成茜不死心地追問。

「那個人，在我來到地獄後就奪走我當時最迷戀的女性……她就像是我的媽媽，個性殘暴得讓我懷念起當時的恐懼……啊啊……再也找不到那麼像媽媽的人了……」

開膛手傑克抱著頭不停搖晃著身體，像是十分痛苦懊悔一般。

宮成茜一頭霧水，如此自虐的屬性還真是少見，明明是凌虐自己的母親，卻把她視為最愛、最重要的人？

更矛盾的是，開膛手傑克看似深愛著母親，卻又找來一個個相似的目標，再將她們殘忍地殺害？

這麼複雜的思想與情感，宮成茜恐怕一輩子都無法理解，更不可能認同。只是話說回來，別西卜到底是拐走了什麼樣的女人啊？

肯定不是什麼好女人，能夠讓別西卜這種大魔王，以及開膛手傑克迷戀的女性……絕對是生人勿近的狠角色吧？

嗯？

怎麼覺得好像有種似曾相識的感覺……不對，現在不是想這個的時候！

「既然如此，你更該從別西卜手中將她搶回來啊！」宮成茜離開木板，面向開膛手傑克激動地道。

反觀開膛手傑克，用一種「妳有事嗎」的眼神看著她道：「妳這女人真是奇怪，要放妳走了還不快走？非得要我拿匕首解剖妳才行嗎？」

「才不是咧！我只是覺得你很奇怪，這世上難得讓你遇到與母親如此相像的女人，你卻眼睜睜將她送給別人嗎？完全不會想將她搶回來嗎？到底是不是男人啊！」

宮成茜拍著胸口，絲毫不顧身上的傷口，眼下她只在意該如何拉攏開膛手傑克。不管什麼方法，她都要努力一試！

「妳閉嘴！」

開膛手傑克一怒之下再度抽出匕首，就在刀鋒劃向宮成茜之際，赫然有道身影闖入兩人之間，替宮成茜擋住了一擊。

「哎呀，真危險，再慢一點我們家作者就糟糕了呢。」

出現在宮成茜前頭的背影，正是留有一頭酒紅色長髮、頭上長角，無時無刻不散發一股風流倜儻氣息的惡魔阿斯莫德！

「阿斯莫德！怎麼是你？」

宮成茜驚呼一聲，接著用眼尾餘光發現不知何時起，在她後方的門早已被破壞，看來阿斯莫德就是從那裡闖入。

「哎呀呀，難道妳不希望是我嗎？那可不行。我是妳唯一的責任編輯，妳是我唯一督促的作者，這樣強烈的羈絆可是切不開的呀。」

一手抓住開膛手傑克的匕首，即便鋒利的刀刃刺傷了阿斯莫德，似乎也阻止不了他總是喜歡耍帥的一面。

對他而言，這不過是一點點無傷大雅的皮肉傷，能在宮成茜面前帥氣登場、搶到英雄救美的機會，才是阿斯莫德最在乎的東西。

「紅髮大叔別礙事！你是這女人的伙伴吧？快把她帶走，別讓她再胡說下去！」

用力地抽回手，開膛手傑克生氣地喊話。

「抱歉我家作者冒犯到你了，我這就帶走她。感謝你在這段期間對我家作者的照顧……沒有將她肢解已經是最大禮遇了。」

阿斯莫德笑著向開膛手傑克致上謝意，雖然任誰都聽得出來他的語氣毫無誠意。

他一把拉起宮成茜，將她帶離開這間充滿血腥味的小屋。

「放手，阿斯莫德！他就是我們要找的開膛手傑克啊！我還沒說服他——」

「妳還想鬧到什麼時候？」

阿斯莫德沒有再說第二句話，立刻將宮成茜拉出小屋。

踉踉蹌蹌地被拉出去後，跟著阿斯莫德快步地走了一會，宮成茜終於掙脫對方的手，大聲地問：「你為什麼要這麼做！沒看到我差點就成功拉攏他了嗎！」

「拉攏？宮成茜，妳會不會太自我感覺良好了？」

面對宮成茜的咆哮，阿斯莫德平淡以對，「妳是快把他逼瘋了，而不是拉攏成功。」

「那是你的解讀吧！就是要讓他近乎崩潰，才能讓他明白應該要極力爭取反抗別西卜的機會啊！」

宮成茜不死心，執意堅持自己的想法沒有錯。

「先別說這些了……妳打算就這麼繼續裸露下去？」

阿斯莫德嘆了口氣，他曉得說什麼都無法扭轉宮成茜的念頭，不如換個話題引開她的注意力。

「咦？」

被阿斯莫德提醒，宮成茜才低下頭檢查自己的儀容。她都忘了，自己的衣領被開膛手傑克割破這件事。

看著大方露出的一半酥胸，柔嫩肌膚在陽光照射之下，隱約閃耀著迷人的光澤……明明是自己的身體，也瞬間讓宮成茜看得臉紅起來。

她趕緊將被割壞的布料拉起來，害羞轉生氣地道：「不、不準你盯著看！」

「真是誤會，妳剛剛一直毫不遮掩地露出來，我就算不想看也會不小心見到呢。」

阿斯莫德挑起眉頭，用半開玩笑的口吻道：「真不曉得妳和開膛手傑克發生了什麼，才會激烈到把衣服都弄壞了呀？」

他的臉上浮現一抹壞心神色。

「少囉嗦，倒是你，怎麼找到我的？」

馬上冷冷地駁回，宮成茜話鋒一轉。

「這件事還真是說來話長……」

搔了搔臉頰，阿斯莫德忽然要對方停下腳步，「先站著別動，現在天氣有點冷了——」

「嗯？這麼說來好像是……」

宮成茜打了小小的寒顫。

紅髮惡魔將自身的斗篷脫了下來，溫柔且紳士地披掛在宮成茜肩膀上。

這出乎意料的溫情舉動，一點也不像魔鬼會做的事情，在斗篷輕輕落在自己肩膀的剎那，宮成茜不由得胸口一陣溫熱。

她愣愣地抬起頭來，看向比自己高出許多的阿斯莫德，一時間不知道該說什麼。

「別用那種含情脈脈的眼神看我，真像是一頭小鹿。」

阿斯莫德轉過頭，刻意避開宮成茜的眼神，「妳是我的作家，人類體質又沒有惡魔好，借妳穿一下斗篷是應該的。」

在這種時候，替女方披上外套的男性通常都會趁機甜言蜜語，這是宮成茜的認知。可是阿斯莫德一反平常能言善道的形象，反而說出讓人感到他其實是有些害臊的話語……真是意外地笨拙。

「噗哧！」

忍不住笑了出來，宮成茜趕緊摀住自己的嘴，但仍止不住竊笑。

「笑什麼？奇怪的女人。」

阿斯莫德眉頭一皺。

宮成茜搖搖頭，嘴角還掛著笑地回應：「沒事沒事，什麼都沒有。」

她怎麼可能明說呢？

怎能當著阿斯莫德這個大男人面前，說出他其實很可愛呢？

要是真的說出口，肯定會被阿斯莫德翻白眼，甚至搶回斗篷吧？

「話說回來，剛剛的問題你還沒回答我，你怎麼找到我的？」

把話題重新拉回正事上，宮成茜再度邁開步伐，跟著阿斯莫德前進。

好在有阿斯莫德的披風，走在路上感覺沒那麼寒冷了，同時她也注意到本來籠罩舊城區的濃濃白霧不知何時已盡數散去，街道的景色再次鮮明清晰了起來。

「妳沒有準時在會合點出現，我們就知道事情大條了。起初我們以為妳迷路走失了，畢竟當時霧正濃，但是……」

「但是？」宮成茜納悶地問。

「寧祿說了一句話讓我們轉變想法。他說，起霧時，也是開膛手傑克最常出沒的時候。」

阿斯莫德臉色一沉，表情凝重。

「開膛手傑克雖然在地獄受刑，但心性並未改變，也曾經有過將女性擄走，之後那名女性受害者再也沒有下落的事蹟。」

眼看宮成茜認真聆聽，他繼續說下去：「他做案的時機點，就是在濃霧出現的時候。據傳，這也是為何開膛手傑克定居在舊城區的原因，因為舊城區起霧的次數最頻繁。」。

「原來有這樣的傳聞嗎……所以，你們聯想到我可能被開膛手傑克抓走了？」

聽了阿斯莫德的說明，宮成茜大概明白是怎麼回事了。

「沒錯，除此之外還有一點：由於開膛手傑克，舊城區屢傳女性失蹤案，自此幾無女性居住，妳的出現，對他來說絕對是個等待許久的好機會。」

阿斯莫德一手戳著自己的太陽穴，略顯懊悔。

「關於這點我們必須跟妳說聲抱歉……除了寧祿以外，我們大都不瞭解開膛手傑克，才會沒有堅持陪妳打聽情報。」

「用不著道歉，這可不像是你的作風。」

宮成茜拍了拍對方的肩膀，「是我堅持自己一個人進行搜索，不是你們任何人的錯。而且，我只不過被劃了幾道傷口，算不了什麼。」

她向阿斯莫德綻放出一抹燦爛中帶點頑皮的笑容。

阿斯莫德終於稍微放寬了心，同樣流露出一抹莞爾的笑。

「還真有妳的風格呢。」

「我還要多謝你呢，雖然我一度覺得應該繼續說服開膛手傑克，現在冷靜下來想想，那的確太冒險了。」

「嗯，妳能這麼想就好，別再跑回去做傻事了。」

摸了摸宮成茜的頭，阿斯莫德笑了笑。

就在這時，一群人突然現身，擋在他們面前。

「這些人是……」

戴著黑色面罩的男人們全副武裝，左胸前有個大羊角惡魔的圖騰。他們的視線對上宮成茜與阿斯莫德時，登時散發出一股強烈的殺氣。

「小心，那個圖騰是別西卜軍隊的象徵。」

「什麼？在這種時候遇到別西卜的軍隊？」

宮成茜微微睜大雙眼，只是敵人在前，她沒讓自己看起來慌張到哪去。

「他們應該不至於出現在這裡，恐怕是偵查部隊出來蒐集情資……」

「不管他們是不是為了蒐集情資才出現，現在我們已經被他們盯上了對吧？」

宮成茜目光筆直地盯著前方這群黑衣武裝部隊，做好隨時拿出武器的準備。

「目標確認，是頭號通緝名單的宮成茜與阿斯莫德。」

前一秒才剛將問題丟給阿斯莫德，這一秒她便從黑衣部隊其中一人口中得到答案。

「妳說呢？他們的答覆妳還滿意嗎？」

「啊，看來是無法避開的一戰了。」

宮成茜拿出「破壞Ｆ４紅外線」，手中的法杖已經蓄勢待發！

「就給他們一點顏色瞧瞧吧！讓他們知道，我們這對作家與編輯的組合可不是好惹的。」

阿斯莫德嘴角微揚，是一抹帶著挑釁與攻擊性的笑。同時，他備好了專屬武器「龍之逆鱗」。

「發現敵人，肅清！」

黑衣部隊的領隊一聲令下，六名黑衣軍立刻朝宮成茜與阿斯莫德的方向攻來！

他們衝過來的同一時間，全數備妥了自動步槍，毫不留情地朝宮成茜等人射擊！

「破壞Ｆ４紅外線，紅色護盾！」面對飛快射來的子彈，宮成茜將法杖插在地上，大喊一聲。

剎那，從法杖裡射出一道紅色的光波屏障，擋在她和阿斯莫德身前，承接住迎面而來的所有子彈！

「龍之逆鱗，化身火槍迎擊敵人吧！」

阿斯莫德將手裡的赤色長槍往上一拋，轉眼之間，槍矛之處射出無數紅色火焰！

「重整隊伍，黑武防衛。」

原先分散開來的黑衣部隊迅速整合在一塊，動作整齊劃一，同步從背後拿出盾牌擋下火焰攻擊！

「真是訓練有素的部隊，才六個人，就已經讓人覺得難以迅速解決了，如果換成一整支別西卜大軍……」

看到阿斯莫德的火焰被黑色盾牌擋下，宮成茜不禁這般喃喃自語，除了讚嘆之外，還有更多不安與擔憂。

「奇怪，怎麼又起霧了？」

難道一天之內會起很多次霧嗎？

不過目前無暇管這個了，就算起霧也趕不走這群別西卜的偵察部隊吧！

宮成茜抱持著這樣的想法，打算繼續專注地投入戰鬥之中，只是就在她即將施展攻擊之際，一旁的阿斯莫德突然抓住她的手，制止了她。

「做什麼?為何阻止我?」

宮成茜轉頭質問拉住自己的紅髮惡魔。

「這個霧不對勁。」

阿斯莫德壓低嗓音回應,抓住宮成茜的手沒有半點鬆開之意。

「不對勁?這樣你都能看出來?」

宮成茜有些傻眼,但是她也清楚,這件事應該非同小可。

她並非毫不講理的人,尤其是在開膛手傑克的事件過後,她曉得有時自己太過執著,反而會招來不好的結果。

她選擇相信阿斯莫德——

阿斯莫德這麼做,一定有他的顧慮在。

「這場霧很不對勁,寧祿說過,舊城區在這個時段不太會起霧。」確定宮成茜不會貿然展開攻擊後,阿斯莫德稍稍放鬆抓住宮成茜手肘的力道,只是依然相當警戒且謹慎地說著。

「如果不是自然產生的霧……你言下之意,難道這是人為的嗎?」

宮成茜發現這片霧來了以後，黑衣武裝部隊也暫停了動作。

到底是怎麼回事？

難不成黑衣武裝部隊也和阿斯莫德所顧慮的事情一樣？

正當她這麼猜想時，一道黑影從眼角餘光竄過！

反射性地拿起武器防衛，這一片越來越濃厚的白霧，讓宮成茜想起當時被綁走的情況。

可是這次不一樣。

她身旁還有阿斯莫德。

只要有阿斯莫德在，事情就絕對不會重蹈覆轍，至少宮成茜是這麼相信的。

反射性地抓緊阿斯莫德的手，宮成茜這個舉動讓阿斯莫德有些意外，不過由於現在仍處於渾沌不明的戰局之中，他沒有多問，只是持續專注四周的情況。

「咻！」

濃霧之中，忽然傳出一陣顯然不屬於這裡的風嘯聲。

緊接著，宮成茜和阿斯莫德就聽見槍聲、吼叫聲，以及最後「咚」的一聲。

「發、發生什麼事了？」

宮成茜眨了眨眼，毫無頭緒。

「霧太濃了，我也看不清。唯一能肯定的是……別西卜的偵查部隊出事了。」

「這不是廢話嗎？這種程度的推測就算是我也知道！」

還以為阿斯莫德身為惡魔能夠察覺更多線索，宮成茜失望透頂地回應。

「別忘了，我是惡魔，別把我當成全能的神。」

阿斯莫德一邊說，一邊不忘提高警覺與防備。

雖然敵方似乎出現混亂，但造成混亂的原因目前不得而知。更何況，假使真有第三方勢力加入這場戰局，對方究竟是敵是友，一時間也很難分得清楚。

濃霧中不斷傳來敵人的哀號與槍聲，十幾分鐘過後——一切再度回歸原有的寂靜。

「變安靜了？」

宮成茜很想趕快釐清事情的真相，可是在濃霧散去之前她仍不敢輕舉妄動。

「聽起來好像是敵方已經完全沒有動靜了，但怎麼會……」

阿斯莫德壓低嗓音回應的同時，也發覺霧色漸漸散去。

有這麼恰巧的事嗎？

很快地，皚皚白霧完全消散，眼前的真相衝擊著宮成茜和阿斯莫德。

「這……怎麼可能！」宮成茜忍不住驚呼出聲。

「這算是天賜良機，還是另一場惡夢的開端？」

阿斯莫德臉上也是藏不住的驚訝。他稍稍往前走了幾步，打算查驗現場狀況。

「到底是誰做的好事？」

六名武裝部隊成員不是負傷坐在一旁哀號，就是躺在地上動也不動。有的已經斷氣，有的還在苟延殘喘，但他們身上都有一個共通點——

這些人身上的傷口深且短，甚至被肢解，血淋淋的畫面怵目驚心。

身為惡魔的阿斯莫德並無特別感覺，然而看在宮成茜的眼中，這畫面頗是驚駭，令人頭皮發麻，而且越看越覺得好像似曾相識？

或者說，有那麼一點熟悉的感覺？

「呵呵。」

當宮成茜努力思索的時候，一道笑聲馬上勾起她的回憶。她很清楚，這道輕飄飄還帶點戲謔口氣的笑聲，肯定來自——

「是你！開膛手傑克！」

毫不猶豫地大喊，同一時間，被點名之人也赫然現身。

「嘻嘻嘻，還是一如既往這麼熱情地招呼啊。」

開膛手傑克雙手交叉枕在自己的後腦上，笑笑地緩步走向宮成茜。和初次見面時不同，此刻的他，身上多了許多血漬。

這些血漬八成不是開膛手傑克自己的，而是那些倒在一旁，被他迅速處理掉的別西卜人馬所有。

開膛手傑克白皙如雪又近乎吹彈可破、足以讓女性羨煞的臉龐上，沾上一道血痕，無形中增添了他的危險氣息，在他秀氣的美少年外表相襯之下，反而有種說不出的反差美。

「開膛手傑克，何事讓你再度大駕光臨呢？」

阿斯莫德站到宮成茜面前，口氣警戒。

他的警備不僅完全沒有鬆懈，甚至比起面對別西卜的偵查部隊時更為緊繃，原因無他，正是眼前的開膛手傑克僅靠一人就打倒偵查部隊。

除此之外，他也還沒弄清楚這傢伙再度現身的目的。

開膛手傑克將雙手垂放下來，讓人一眼就看見他手中那把染滿鮮血的匕首。

「老頭子，別那麼緊張，我都幫你們把敵人清理掉了，不是應該先向我道謝嗎？」

想不到開膛手傑克這麼稱呼，紅髮惡魔似乎自尊心受創，愣愣地道：「老、老頭子……」

「啊，糟糕，那傢伙踩到阿斯莫德的痛點了。」

宮成茜知道阿斯莫德這人最在乎自己的年齡了，比女人還要在乎。

該說不愧是開膛手傑克嗎？還真是大膽且單刀直入的發言吶。

「咳咳，我們自己也能清理掉這些雜魚，再怎麼說還有我地獄四天王阿斯莫德在場。敢問閣下是為了什麼原因而來？」

「什麼原因？老頭子你果然老花眼，這麼顯而易見的原因居然看不出來？」

開膛手傑克挖了挖耳朵，收起還在滴血的匕首，「只要我把武器收起來就得了吧？我沒有要跟你們打架的意思，放心吧，老頭子監護人。」

「老、老頭子監護人……」

二度重創。

鼎鼎大名又威風凜凜的地獄四天王阿斯莫德，自尊心跟顏面完全被徹底擊沉了。

「那個……開膛手傑克。」

眼看阿斯莫德不行了，宮成茜決定還是自己站出來，反正那傢伙收起武器了，應當沒有想要傷害他們的意思吧。

「請你直說吧，為什麼要這麼做？」

宮成茜認真地問，不由得有些緊張。

「原因？想不到妳也沒看出來呢，是想刻意增加妳的蠢萌屬性嗎？」

「什麼蠢萌屬性，我完全不想經營那種東西好嗎？你到底想怎樣快點直說啦！」

宮成茜的耐心已經被磨到見底了，乾脆直接挑明。

開膛手傑克聳了聳肩道：「我改變主意了。」

「改變主意？」宮成茜納悶地反問。

在旁聽著她與開膛手傑克對話的阿斯莫德，則是神情凝重且專注地等待接下來的結果。

「聽著。」

開膛手傑克再度向前，更家靠近宮成茜。

阿斯莫德本想阻止開膛手傑克繼續前進，但宮成茜搖了搖頭，示意沒關係。當事者都這樣表態了，阿斯莫德雖然仍有些顧慮，還是遵照宮成茜的意思讓開膛手傑克上前。

「我本來覺得妳真是瘋了，難得遇到一個比我還要瘋狂的女人，讓我一開始很不是滋味。」

開膛手傑克嘴角依舊是輕挑的笑，宮成茜卻隱約在對方眼中看見了一股認真。

「明明受我威脅，卻執意提起別西卜的事，甚至不惜性命安危……我當時真的很惱火，因為妳是除了媽媽以外，不管人世或地獄都是第二個讓我如此火大的女人。」

開膛手傑克臉上的笑容消失了，換上一副嚴肅的表情。

「直到妳離去以後，我終於冷靜下來，換個方向想了想。」

壓低嗓音，開膛手傑克挑起宮成茜的下巴。

「像妳這樣的女人可不多見，若是妳，或許……不，是一定能帶給我很大的樂趣。妳知道，在地獄裡生活是一件多麼無聊的事，而妳就是那個不一樣的存在。」

「所以，你這次的行動是為了……」

開膛手傑克的解釋，與其說是解釋，聽在宮成茜耳裡更像是某種程度上的告白。

「當然是為了妳——我決定加入妳的行列，一起討伐別西卜。」

第六章

愛憎的兄弟情

Tuning Demon Project

「事情就是這麼回事。」

宮成茜說到最後略顯無力，實在是因為花費了太多唇舌之力向眾人解釋——關於開膛手傑克加入一事。

「雖然我不是很想和媽媽以外的人相處，但事情就是這樣。你們這群臭男生最好離媽媽遠一點，不然什麼時候起床發現自己少了一顆腎，別怪我沒事先警告唷。」開膛手傑克臉上堆滿笑容，大言不慚地說著威脅的話語。

「妳看看，這種人真的能夠加入我們？宮成茜妳腦袋壞掉了嗎？」一邊大口喝著不知從何弄到手的牛奶，姚崇淵沒好氣地指著開膛手傑克，對著宮成茜質問。

即使宮成茜為此說明了好久，姚崇淵仍然很難接受這個結果，他相信不只是自己，其他人應該也很有意見吧？

「如果這是茜的意思……茜都接受的話……我……」

月森一手拄著自己的下巴，若有所思。

「你不要什麼都以宮成茜為唯一考量啦，宮成茜病頭號病患！」姚崇淵馬上狠狠地吐槽。

「雖然我同樣不是很贊成，但如果開膛手傑克是真心幫助我們打擊別西卜，我勉強可以接受。」

寧祿坐在最遠的位置，畢竟他一人就要占掉三個空位，他向來習慣坐離人群遠一點。

目前剩下最後一人還未表態，就是伊利斯。

「伊利斯，你覺得呢？」

宮成茜將目光投向一如既往面無表情的伊利斯。

「我沒意見，打從妳準備將他找進來時我就是抱持一樣的想法。開膛手傑克是一把雙面刃，妳必須好好操控它，否則最後很可能只會刺傷妳自己。」

伊利斯板著嚴肅的臉孔，說著同樣嚴肅的答覆。

「唉呀呀，怎麼每一人都這麼怕我呢？只要好好遵守不碰媽媽的遊戲規則，基本上我對解剖男人沒有半點興趣……不要惹到我的話囉。」

開膛手傑克聳了聳肩。

「咳咳，總之既然大家都不反對，那就這麼決定了吧！開膛手傑克的實力，我和阿斯莫德都親眼見證過。」

宮成茜雙手一拍，擊出響亮的聲音，宣告著此事定拍板定案。

「哈啊?等一下！什麼叫做沒人反對?我就反對啊！」姚崇淵馬上跳出來大喊。只是現場完全沒人理會，宮成茜自顧自地說下去：「開膛手傑克擁有能夠製造霧氣的特殊能力，在短時間內可以掩蓋氣息，有利於襲擊敵人。」

後來從開膛手傑克那邊得知，阿斯莫德當時的直覺沒有錯……那場突如其來的霧，果然不是自然現象，而是開膛手傑克製造出來的霧氣。

雖然不清楚開膛手傑克如何製造出霧氣，但有這種能力輔助，相信對於屆時對抗別西卜軍會很有幫助。

「真是的，就是只會無視我……」姚崇淵哀怨地在旁劃圈圈，喃喃自語抱怨著。

「好，現在就只剩下該隱了吧！」

雖然過程有些驚險，但總算是順利讓開膛手傑克成為伙伴，宮成茜再度對自己充滿了信心。

縱使風險仍在，但只要小心謹慎就沒問題了吧！

「什麼啊，妳還要找那傢伙？」宮成茜提出該隱的事情後，開膛手傑克馬上不以為然地說道。

「聽你的口氣，似乎和該隱很熟？」

宮成茜回頭問向剛剛出聲的開膛手傑克。

開膛手傑克歪著頭道：「也不算很熟，我對男人又沒興趣。只是，那傢伙也算是第九圈裡和我一樣出名的怪人吧？」

「看來你有自知之明，知道自己是怪人嘛……」姚崇淵聽了，隨即冷冷地吐槽。

「嗯？剛剛好像有個愛喝牛奶的小動物在說話？」

依然臉上掛著笑容，然而任誰都看得出來開膛手傑克此時散發出一股殺氣。

「開膛手傑克，別理他，我們繼續談談關於該隱的事吧。」

「叫我傑克就行了，叫開膛手傑克實在太生疏了呀。」

開膛手傑克對宮成茜笑了笑。

在那張嬉皮笑臉的底下，無時無刻不藏有一絲危險氣息，宮成茜也不敢大意，就先順了他的意思改口。

「傑克，你能說看看關於該隱的事嗎？」

「嗯，看在媽媽的分上，我就把我所知道的事告訴妳吧！」

開膛手傑克點了點頭後接續道：「該隱那傢伙和我曾經有一面之緣，是在一個很奇妙的情況下呢，呼呼。」

「我有種不好的預感。」

姚崇淵雙手抱胸，總覺得開膛手傑克接下來的故事會讓人不安。

「不是只有你這麼覺得。」

這次終於有人理會姚崇淵了，是坐在他隔壁的月森。

「是這樣子的，那天呢，我殺了一個想阻止我獵殺目標的礙事者。」

開膛手傑克挑了一張椅子坐下，他們現在統統待在冰湖旅社內，一邊休息一邊討論接下來的計畫。

「果然是極度危險的連環殺人犯，這傢伙其實不比別西卜安全到哪去吧？」

姚崇淵搓了搓手掌，不由得打了個哆嗦。

「正準備將那個礙事者拖走處理時，途中就遇到了那個該隱。」

「哦，然後呢？他看起來是個怎樣的人？」

宮成茜一聽到關鍵字便眼睛發亮。

「他肯定沒有比我帥氣英俊，媽媽的目光只能追隨著我。」

「哈啊？那個怎麼樣都無所謂吧。」

宮成茜露出嫌棄的表情，「所以我說該隱到底是怎樣的人？」

「真要說的話，該隱那傢伙是個白髮蒼蒼的老頭吧？」

開膛手傑克抬起下巴想了一下，最後將答案告訴宮成茜。

「白髮蒼蒼的老頭？為什麼我覺得不意外呢……」

宮成茜一邊聆聽開膛手傑克的話，一邊在腦海裡勾勒人像。

「有一雙很陰鬱的眼睛，看起來毫無生氣。當時被他撞見了那一幕，本來我想說要不要乾脆一起處理他，不過後來，他對我說了一句話。」

「他說了什麼？」

「嚴格來講不算說了什麼，而是問了一句至今我仍覺得很奇怪的話。天知道，

《聖經》裡的人物大都心態扭曲吧？」

「你有什麼資格說別人心態扭曲……」

忍不住吐槽了開膛手傑克，宮成茜露出死魚般的眼神，「好吧，他到底問了什麼？」

「該隱那傢伙用陰鬱的雙眼直直地盯著我，聲調像死水一般毫無起伏地問：那個人，是弟弟嗎？」

開膛手傑克此話一出，在場眾人都陷入一片傻眼與訝然之中。

「他問你那個人是不是弟弟？該隱這傢伙的確是個怪人。」

姚崇淵大感不可思議。

「確實，一般人不會那樣問吧？」

伊利斯托著自己的腮幫子，同樣感到費解。

「接下來也沒什麼好說的啦，我回他一句『干你屁事』之後，那個白髮老頭子就默默走掉了。」

開膛手傑克雙手一攤，搖搖頭。

宮成茜像是突然想到什麼，將目光轉向寧祿。

「寧祿，是你提議要我將傑克與該隱收編的吧？傑克的實力我能夠理解，但該隱呢？就算我們知道他厭惡別西卜，但若是他無法幫上忙，那有必要花時間拉攏他嗎？」

「妳會有這樣的顧慮很正常，因為有件事我之前忘了補充。」

「哦？是什麼？」宮成茜眉頭一挑，納悶地問道。

「據說，該隱相當厭惡別西卜的所作所為，於是他花了很長一段時間，找尋別西卜的弱點。」

「找尋別西卜的弱點？你的意思是……那傢伙已經找到了？」

宮成茜為之一驚。不只是她，身旁的同伴們一樣露出驚訝的神情。

「連身為手足的我都不知道別西卜的弱點，那個該隱竟然找到了？」

「就是說啊，而且該隱真的找到了的話，怎麼會讓別西卜囂張到現在？」接在阿斯莫德之後，姚崇淵同樣訝異地問。

「或許是因為，即便找到弱點，單靠他一人也無法做到吧？總是有很多因素使得他無法執行。」

對於姚崇淵的質疑，寧祿提出了另一種看法。

「依我看，寧祿所言也不無可能。如果問題只是人手不足，那麼在我們的協助之下，或許就有辦法利用該隱所知道的弱點打倒別西卜。」

伊利斯應和自己巨人族好友的說法，並進一步提出可能性。

「我明白了，現在馬上進行這件事吧，去見該隱一面，讓他成為我們的一分子！」

宮成茜拍桌而起，認真地宣告。

「我記得上次看到該隱是在這一區。」

由開膛手傑克帶路，走在地獄第九圈的路上，這裡是舊城區與市中心的交接地帶，一路上沒多少建築，只有一條又長又寬的高架橋與底下一片片荒地。在這裡，草叢長得比人還高，開膛手傑克表示：「很適合棄屍。」

「你確定沒記錯位置？」宮成茜忍不住問。

開膛手傑克答：「怎麼會記錯？我可是在這裡處理掉一堆礙事的傢伙哦，我常來這邊，很熟悉這一帶地形啦！」

透過這一句話，大家可想而知為何開膛手傑克會常來了。

「我相信你就是，別再用這麼愉快的語氣提起你以前幹的好事……」

摸著肚子，宮成茜臉色一時間顯得鐵青蒼白。

「既然如此你們就別急，在這裡看看能不能守株待兔等到那個老頭吧。」開膛手傑克雙手一攤道。

「哪有可能這麼順利啊，上次他搞不好只是剛好經過，之後說不定再也……」

話還沒說完，左前方忽然有了動靜，宮成茜馬上比了個噤聲手勢。

姚崇淵皺起眉頭，在心裡咕噥著怎麼可能這麼快就來了？八成是小動物或者其他路人發出的聲音吧？

反正以他們一直以來的運氣來看，這回也肯定沒那麼好運……

「有人影！」

宮成茜眼尖地發現了草叢中晃動的人影，儘管努力壓低音量，仍掩不住她的激動。

「哼，就算是人影又怎樣？我看就只是其他居民……」

姚崇淵就是不相信，於是他提出了另一個方法。

「不然這樣，我派式神去看一下就知道答案了。」

「用不著那麼麻煩。」

阿斯莫德直接打槍姚崇淵，因為他看見有隻手正準備撥開濃密的草叢，對方即將毫無遮掩地出現在眾人面前。

在大多數的人引頸期盼之下，手的主人終於現身！

「哎呀，你們在這裡做什麼？」

戴著一副黑框眼鏡，穿著筆挺白色襯衫，外搭一件強調腰身剪裁的棕色格紋西裝毛呢背心，身穿一條與背心同樣花紋的長褲，一名風度翩翩的男子，帶著納悶的口氣詢問。

「呃，我們……在這裡等一個人……」

面對對方的問題，宮成茜有些不知道該如何回答，畢竟一群人守在這裡，看在別人眼中的確是件怪異的事。

然而，在見到西裝男子的當下，宮成茜有種「難道是他」的念頭湧上來，但是認真一看，對方又和開膛手傑克當初形容的不太一樣。

男子看起來三十出頭，散發一股成熟穩重的氣質，怎麼看都不像是開膛手傑克所說的老頭子吧？

「嗯，不是他……我們應該認錯人了……」

正當她如此喃喃自語時，身旁的開膛手傑克開口了。

「就是這傢伙，這個糟老頭就是該隱，你們還挺幸運的嘛！」

「咦？你、你說就是這個人？」

宮成茜整個人都傻住了。她剛剛沒聽錯吧？

這個衣冠楚楚的男人到底哪裡像糟老頭了啊！

「就是他，我的記憶很好才不會記錯人呢。因為他一頭白髮嘛，看起來就像個白髮蒼蒼的糟老頭啊！如果妳懷疑我，那就直接問他不就好了？」

開膛手傑克兩手一攤，對於宮成茜的質疑不以為然。

這時，被指稱為該隱的西裝男子出聲了：「請問，你們找我有什麼事嗎？」

此話一出，等同證明了開膛手傑克的話無誤。

宮成茜有些反應不過來，慌張地道：「那、那個該隱先生嗎？我們前來找你的原因是……」

「雖然那位直呼我為糟老頭的輕浮少年，實在失禮，但各位既然是要找我的客人，我也不能失禮。」

該隱打斷她的話，轉過身道：「請跟我來，無論你們要說什麼，在荒郊野外不適合談話。身為一名遵守禮儀的紳士，不會讓客人站在這種地方的。」

「哇，雖然外表還算年輕，說起話來的方式的確很像老頭子呢，只是沒那麼糟而已。」

「小聲點啦笨蛋天師，你講這些要是被他聽到怎麼辦！」

聽見旁邊的姚崇淵在嘀咕，宮成茜馬上向他比出噓聲的手勢。

「茜，妳當真要跟著他走嗎？這位該隱看起來很有禮貌，但我們還不確定他的為人……跟著他去陌生的地方存有一定的風險。」月森站到宮成茜背後，壓低嗓音在她耳旁說道。

「放心吧，月森哥，我們人數眾多，就目前看來至少是個優勢。」

宮成茜拍了拍月森的肩膀，「更何況有句話說：不入虎穴，焉得虎子？」

「這就是她樂觀又冒險進取的一面。走吧，別想太多了。」在宮成茜之後，阿斯莫德也拍了拍他的肩膀如此說道。

雖然月森心中仍有些擔心，但阿斯莫德說的沒錯，這就是他的茜，如果有任何危險，那就讓他月森來承擔與解決。

第七章

該隱的祕密

Tuning Demon Project

在該隱的帶領下，一行人來到附近的小屋，從外觀上來看無異於一般民宅。

「寒舍簡樸，還請見諒。」身為主人的該隱推門而入時，對著後頭的宮成茜等人道。

宮成茜本想說她不在意，踏進屋內後，更覺得這根本是她近期見過最好的房子了！

雖然建築外表其貌不揚，內部裝潢卻相當講究，桌椅都是高檔的柚木家具，牆上貼滿整齊的灰白色壁磚，又圓又大的時鐘高掛在牆上，隨著分秒推進搖擺著鐘擺。規律的鐘擺聲不斷迴盪，隨著該隱點燃壁爐，又多了木柴燃燒的細微聲響。

對比外頭寒冷的天氣，小屋寧靜溫暖的氣氛，讓宮成茜覺得比什麼要花錢的冰湖旅社都還要好！

「請隨意找個位子坐吧，我去替各位沏茶。」

該隱禮貌地說完後，便走進廚房開始忙碌起來。

雖然客廳不大，位置也不多，但大家緊挨在一塊勉強能坐下。

「喂，你們不覺得這傢伙太客氣了嗎？我們雖然不是壞人，可是也是臨時找上門的陌生人吧？」

「人家這叫禮貌，是紳士，才不像你是個膚淺的小男孩呢。」

宮成茜壞心地回應姚崇淵，嘴角勾起賊賊的一笑。

「小！小妳個頭！我可是個大男人，不信的話妳可以看我褲襠裡面！」

「去死吧，誰要見你那個噁心的東西。」

宮成茜狠狠瞪了姚崇淵一眼。她現在沒立刻揍下去，完全是因為他們還待在別人家裡的緣故。

「各位，請喝茶。」端出沏好的熱茶，該隱彬彬有禮地說。

「謝謝你，該隱先生，其實你用不著這麼客氣啦。」從銀色圓盤上拿起茶杯，宮成茜在啜下一口前先對著該隱這般道。

「這是基本禮儀。禮儀能夠成就一個人的格調，這是我一直堅持恪守的信念。」

該隱將盤裡的熱茶一一送出，終於坐回他的單人牛皮椅上，雙膝交疊，「放心，我不會在茶裡下毒，你們和我喝的都是同一壺茶，請安心喝吧。」

他拿起自己的茶杯，喝了一口。

「那麼，諸位找我究竟所為何事？」

「先自我介紹一下，我叫宮成茜，他們是我的同伴。是這樣子的……我們打算組成一支反抗別西卜的隊伍，聽說你知道別西卜的弱點？能否告知甚至加入我們呢？」嚥下一口口水，宮成茜挺直腰桿，正色問道。

「真是一個好問題呢，宮小姐。」

該隱一手摸著下巴，做出好像在撚鬍子的動作，不過實際上他的下巴非常乾淨，連一點鬍碴都沒有，看得出是相當在乎自己儀表的男人。

「我知道這個問題很唐突，我也沒有什麼立場和條件要求你，但是如果你有在關注地獄的近況，應該曉得別西卜最近的所作所為吧？」

宮成茜不敢說有十足把握拉攏該隱，但是如果此人真掌握了別西卜的弱點，那她說什麼都要全力以赴。

「我知道妳是誰，你們這一群人最近在地獄裡很出名。晨星路西法大人欽點的人類作家，以及地獄四天王阿斯莫德，和驍勇的將軍伊利斯等人。」

該隱沒有直接回答宮成茜的問題，而是岔開她的話題，轉而提及他們這一行人的身分。

「咦？我們這麼有名嗎？哈哈，感覺有點不好意思呢……」

撓了撓後腦勺，宮成茜害臊地笑著。

「嗯，你們的通緝懸賞單貼滿了各處公布欄，想不認識你們也難。」

「原、原來是這個原因嗎！」

聽到該隱這麼說，宮成茜的身體微微倒退了一點。

為什麼他們會上通緝懸賞單啊？

難道是別西卜幹的好事？

「我曉得你們的來意了，想必你們也早已知曉我對別西卜的態度才會找上門來。」

「是的，確實有耳聞過才會來找你。」

「那麼，你們曉得我為何厭惡別西卜嗎？你們應該覺得我沒有理由厭惡他吧。」

該隱又拿起熱茶喝了一口，意味深長地望著對面這群人。

「呃，我確實不曉得……」

根據《聖經》的記載，該隱是個為了獲取神的青睞，不擇手段殺害自己手足的男人。像這樣的人，反而會和別西卜很有共鳴吧？為什麼會憎惡別西卜呢？

宮成茜一直想不透這個問題，其中必有值得一探究竟的理由。

「多年來，我一直在尋找弟弟。」

該隱壓低嗓音，說出了讓宮成茜一行人都意外的話。

「我可以加入你們，但是——」

毫無預警地說出他的決定，更是讓宮成茜等人訝異，然而那個轉折的「但是」一詞，讓人也曉得該隱還沒把話說完。

「我必須了解你們是否有執行的能力。」

宮成茜立刻回應：「我願意接受你的測試！」

「回答得真快呢，宮小姐，我欣賞妳的勇氣。跟我來一趟吧。」

該隱站起身，神情嚴肅地發出邀請。

「沒問題，我會讓你看見我的決心。」宮成茜跟著起身，同樣認真地回應。

「等一下，茜，只有妳一個人去實在是……」

太有風險了。

這句話月森還來不及說出口，宮成茜就打斷他的話。

「月森哥，相信我吧。」

「茜……我明白了，請妳務必小心，要是有任何問題就放聲大叫，我們都在這裡等妳，一有事我們就會馬上過去。」

「我知道，所以我很放心，有你們當我的後盾一直都是最棒的。」不僅是對著月森綻出一笑，宮成茜也是對著注視自己的所有伙伴道。

「妳的心態很正確呢，宮小姐。那麼，若沒有其他要說的話，就請跟我來吧。」

該隱側過身子，一腳已經稍稍往前預備。

「來了！」

宮成茜快步跟上，隨後她的身影就和該隱一起消失在門後。

「請跟緊我，這裡的通路比較暗，若在這裡有聽到任何聲音，都不要回頭。」

「好、好的！」

該隱從旁邊的架子上提起了一盞油燈，將之點燃後，橘紅中帶點金色的火光微微照亮前方。

前方的道路狹窄得僅能容一人通過，空氣中瀰漫著一股潮濕的味道。明明看起來是完全密閉的空間，宮成茜卻不斷有種涼風吹來的感覺。

雖然很薄弱，可是宮成茜認為自己的感覺沒有錯……那的確是風吧？不然該隱手中那盞油燈的燈火也不會微微搖曳了。

該隱往幽暗的深處前進，宮成茜緊跟在他後方，看著對方高大的筆挺背影，以及那頭花白的頭髮。

和該隱接觸的時間越久，宮成茜越能理解為何開膛手傑克要叫他老頭子。該隱太過成熟正式的打扮……不，是整體散發出來的氣息，真的很像是上了年紀的人，相當成熟穩重。

不過，在地獄似乎不能用外表來判斷真實年齡吧！

假使該隱真的像《聖經》所說，出身於那麼久遠以前的年代……恐怕連老頭子這樣的形容都太過年輕了。

況且來到地獄之後還能過上如此優雅的生活，該隱應該也不是個簡單的人。真不知道對方究竟要給她什麼樣的考驗？

一路向前的同時，宮成茜似乎隱約聽到後頭傳來奇怪的呼喊聲，或者是詭異的呻吟聲。

雖然心懷納悶，但她將該隱的話謹記在心，不敢回頭查看。

何況這條狹窄的通道內，除了她和該隱以外，應該別無他人才對。如果說那些聲音來自通道隔壁或外頭，音色聽起來也不像。

嚥下一口口水，宮成茜繼續跟在該隱後頭，心想到底要走多久才會抵達目的地？感覺好像走了好長一段時間，這條幽深的道路仍看不到盡頭，後頭則頻頻傳來令人發毛的怪聲。

就在這時，宮成茜突然聽見一聲喊話：「成茜……我的女兒啊……」

「這聲音是……爸爸？」

即便再久的時間沒有聽過，宮成茜也永遠都不會忘記，那在她生命中最為重要的聲音。

「切記，不要回頭。」

前方傳來該隱的告誡，只是他沒有停下腳步的意思，提著油燈繼續前進。

宮成茜當然知道不能回頭，但這次的呼喊大不相同。

那是她的父親，這世上哪有女兒不回應父親的道理？

「成茜啊，難道妳沒有聽見爸爸在叫妳嗎？爸爸在這裡，就在這寒冷的通道之中啊……」父親的聲音再度傳了過來，以令人心疼的口吻說著。

「爸爸……」

忍不住出了聲音，宮成茜停下腳步，與該隱之間的距離越拉越遠。

該隱絲毫沒有停下腳步的意思，也沒有再勸阻，那道筆挺、昂然的背影只是冷漠地走遠。

「我的女兒啊……過來爸爸這邊……讓爸爸更仔細地看妳好嗎？讓爸爸瞧瞧妳最近過得好不好？有沒有變瘦呀？」

聽到宮成茜回覆自己，父親的口氣變得更開心，開始關切起對方。

「爸爸，謝謝你這麼關心我……」

垂下頭來，嗓音有些許沙啞，宮成茜杵在原地，幽暗逐漸包覆住她的身影。

該隱離得越遠，甬道裡的光線就越少，該隱就像當她不存在一樣，持續往看不見盡頭的深處而去。

該隱的背影，漸漸模糊了。

「妳怎麼了？難道見到爸爸不開心嗎？」父親再次關心地問道。

「不是的……見到父親……我肯定很開心……無論是以哪一種形式……」

宮成茜搖了搖頭，彷彿每說出一個字都十分吃力。

「那是為什麼？妳為何不轉過頭來看看爸爸呢？」父親不解地詢問。

「那是因為……」

宮成茜握緊了拳頭，聲音帶著哽咽與顫抖。

「那是因為……這裡是地獄……」

抬起頭來，宮成茜用力深吸一口氣。

「這種地方，不是爸爸會待的地方！更不會是您最後的依歸！」

一行熱淚從頰上滑落，像火一般燒過宮成茜的臉頰。

「成茜……」

父親的聲音逐漸變小，不像剛剛那般充滿活力，彷彿是看透了什麼。

「所以……我不會在這裡和你相認的。」

宮成茜深吸了一口氣，緩緩地閉上雙眼，「因為在這裡出現的你——不是我完美善良又慈祥和藹的父親！」

緊緊握住雙拳，宮成茜的肩膀不停顫抖，她明明是這麼想回頭看一眼，哪怕只是一眼就好，可是她最後還是強忍下來。

過去類似的經驗告訴她，這很可能只是誘惑人心的假象，何況該隱千叮嚀萬交代絕對不能回頭，她無論如何都得做到才行。

「對不起……我只能這麼做……我想，總有一天，會和父親您真正再次碰面吧。」

堅定意志，宮成茜再度睜開雙眼之際，後方再也沒有傳來父親的呼喚。

一股酸楚與疼痛占據心頭，宮成茜忍住想要放聲痛哭的衝動，抹去臉上殘留的淚水。

就在這時，四周忽然變得一陣明亮。

「欸？」

宮成茜睜眼環望四周，不知從何時起，她身處的地方再也不是原本幽暗狹窄的通道，而是一間寬敞又明亮的房間。

「這、這是怎麼回事？該隱先生？」

眨了眨眼，她歪著頭困惑地看向前方的該隱。

她只覺得方才的事好像一場夢，可是又無比真實，整個情況讓她毫無頭緒。

只見本來近乎消失的該隱，此刻正站在她的面前，手上的油燈也不知何時不見了。

該隱對著她微微一笑，「恭喜妳，宮小姐，妳通過了考驗。」

「考驗？」

宮成茜還是沒有回過神來，愣愣地注視著前方的男子。

「是的，很抱歉，我必須蒙騙妳才能進行考驗。」

該隱走上前，溫柔地替宮成茜拭去眼角的淚水。

「其實，妳一直待在這間房裡，這裡有我設下的結界，在此會感受到幻術。」

「幻術？你是指剛才……果然，果然那不是父親……」

總覺得終於可以放下心來，宮成茜微微一笑，鬆了一口氣。

「做得很好，宮小姐。我的目的，正是想知道妳是否有強大的意志力。妳說過，想要組成一支反抗別西卜的隊伍，在那之後的道路，將充滿難以想像的危險……倘若沒有足夠強大的意志力，身為領導的妳無法撐下去，終將以失敗收場。」

該隱從口袋掏出一張絲質手帕，遞給宮成茜，卻被宮成茜搖頭婉拒了。

「妳已充分展現了自身的智慧和決心，所以換我告訴妳，我與別西卜結下梁子的原因。」

該隱一邊說，一邊邀請宮成茜入座，他伸手一揮，一張本來放在角落的椅子就飛到宮成茜面前。

「這件事要從很久以前說起……妳應該看過《聖經》吧？」宮成茜坐下後，該隱問道。

「你的故事無人不曉，該隱先生。」

可能是面對這麼紳士有禮的男人，宮成茜忍不住在稱呼對方時加上「先生」一詞。

該隱，亞當與夏娃的長子，〈創世記〉第四章所寫，他是一個農夫。不過現在看來，實在很難想像眼前這個西裝筆挺的該隱，生前的本職是一名農夫。

〈創世紀〉裡記載，該隱與亞伯是一對兄弟，該隱務農，亞伯負責放牧。在他們成人以後，這對兄弟各自向耶和華獻上供物。亞伯獻上「初生的仔羊和羊脂油」，該隱獻上的是「土地裡出產的蔬菜」，耶和華最後看中亞伯的禮物，該隱對此感到相當不滿與憤怒。

心生怨妒的該隱，在田間殺害了自己的手足亞伯，自此遭到上帝懲處，被逐出人類群聚生活的地方。

這大概就是宮成茜了解的故事，或許本人又會吐露出不為人知的一面吧？

身為一名喜歡聽故事、收集各種素材的作家，她頗為期待能聽到不一樣的事件面貌。

「既然妳知道我的故事，那麼，應該曉得我由於不該有的嫉妒，殺害了我的弟弟對吧？」

「這點確實非常清楚……」

宮成茜點了點頭，但心裡總覺得有些尷尬。

「其實這邊有個《聖經》沒有記載的小插曲……當時，我由於內心充滿憤怒與不滿，過度黑暗的能量，最終招來了魔鬼。」

「魔鬼……難道是指……」

宮成茜的腦海裡立即浮現一個人的身影。

「沒錯，聰明如妳想必已經察覺到了，那名惡魔，正是妳我都熟悉的那個人。」

「別西卜！」

一想到那個高深莫測、難以捉摸的邪惡傢伙，宮成茜不由得全身緊繃。

雖然她一點也不想回想當時的種種，腦海仍會不自主地閃過片段。

深吸一口氣，告訴自己要冷靜，總之先將精神集中在聆聽該隱的故事上吧！

「別西卜出現在我的面前，他告訴我，他也和我一樣憎恨自己的手足。」

該隱眼簾低垂，透露出一股複雜的情感。他的語調雖然乍聽跟平時一樣，可是向來懂得觀察的宮成茜，仍然察覺到了懊悔的情緒。

「他的每一字每一句都像是毒蘋果，甜蜜又充滿致命危險，那時的我……沒能抵擋得了這股誘惑。在別西卜的慫恿與蠱惑之下，我犯下了滔天大罪，從此成為第一個殘殺手足的罪人。」

該隱閉上雙眼，似乎不願再回想這段過往。

「原來是這麼回事……你是受到了惡魔別西卜的誘惑啊……」

雖然不能說完全是別西卜的錯，但他確實責無旁貸。

「當然，我沒有要將責任推到別西卜身上，倘若我當初意志夠堅定，不要心生憤怒與怨恨，就不會鑄下大錯了。」

「難怪你認為意志堅定很重要，面對別西卜這個擅長誘使人墮落的惡魔，需要更堅強的意志吧。」

「宮小姐果然很聰明。」

該隱肯定且讚賞地點了點頭。

「既然我已經通過你的考驗，該是時候告訴我別西卜的弱點了吧？」

宮成茜不想再浪費多餘的時間在客套上，直接切入重點。

「勿急，過於急躁可是有失禮儀。」

該隱手一揮，前方空白明亮的牆壁上，瞬間出現一道影像，就像在看電影一樣。

本來閃爍的黑白畫面，在該隱彈指一聲後出現了不一樣的景象，別西卜的臉孔赫然映入宮成茜眼簾之中。

「該隱先生，你應該不只是想給我看這張討人厭的臉吧？」

沒事的話，宮成茜還真不想看到別西卜的臉部特寫啊，除了厭惡感之外還覺得很噁心呢。

「放心吧，宮小姐，現在開始就讓我進行『別西卜弱點』的說明。」

終於講到重點，宮成茜立刻集中注意力。

「我死後被打入地獄的第一天起，就開始找尋向別西卜報仇的方法，但就像妳所知道的，別西卜是地獄裡的第二把交椅，也就是說，只有晨星路西法大人能夠在他之上……不知妳是否聽說過，路西法大人在當年那場與米迦勒的大戰之中，便元氣大傷。經過這麼多年，大部分的人都以為他痊癒了，實則不然。路西法大人現在仍尚未恢復當年的力量，如果真的和別西卜硬碰硬，誰贏誰輸很難說。」

「關於這件事我的確有所耳聞，只是並不是那麼清楚……」

早就知道路西法可能無法阻擋別西卜的陰謀，但宮成茜沒想到竟是這種原因。

「除非到了最後關頭，最好別讓路西法大人站上戰場，因此，我們旁人能做的就是走一個小捷徑。」

「所以那個小捷徑到底是什麼？」

繞了一大圈，宮成茜只想從該隱口中打聽到關鍵啊！

「根據我這些年來的打探，別西卜之所以如此無情又不怕傷害的原因，在於他早已將自己的心臟挖了出來。」

「挖、挖出自己的心臟？這麼做別西卜不會有事嗎？」

宮成茜倒抽了一口氣。

一般人被挖出心臟，肯定是死路一條，雖然不能用常理來判斷惡魔……可是失去心臟的惡魔真能完好無事嗎？

光是想像那個畫面，宮成茜就覺得一陣胃疼。

「孩子，別西卜可是一名貨真價實的惡魔，還是上位惡魔，即便取出心臟也不會死亡。不過他這麼做還是有風險，並非完全沒事。」

「他為什麼要多此一舉？既然有風險又為何要這麼做？」

「惡魔最大的弱點就是心臟，一旦心臟被貫穿，即便沒死，力量與行動能力都會受到嚴重影響。」

該隱接續道：「別西卜挖出自己的心臟的原因，是因為只要心臟保存完好，沒有心臟在體內的別西卜就等於無敵狀態，幾乎沒有方法可以擊倒他。像他這麼強大的惡魔，本身就有相當厲害的自我修復能力。」

「這麼說來，現在的別西卜可說是刀槍不入對吧？真是可怕的策略……」

宮成茜不禁搖搖頭。

雖然她不是很想佩服敵人，但撇開主觀情緒，為了達到目的不擇手段，甚至能狠下心挖出自己心臟的人，實在是可敬也可怕。

或許就這是這種果斷的勇氣，才讓別西卜成為如此厲害的狠角色吧？

如果想要超越他、擊敗他，那他們就得成為比別西卜更強大的人才行！

「不過正因為別西卜這麼做，才讓我們有機可乘，他取出心臟既是強化自己……

也是留了一線殺機給自己。」

「一線殺機?難道你是指……我們反過來找到別西卜的心臟,加以破壞,就可以將他擊潰對嗎?」

宮成茜靈機一動。

「正是如此,這就是『別西卜的弱點』,宮小姐。」

「能夠知道這件事實在是大有收穫吶……只是,該隱先生,別西卜的心臟藏在何處,你知道答案嗎?」宮成茜上半身稍稍前傾,正色地問。

「如此重要的心臟,肯定存放在對別西卜來說最安全的地方,而且還是最近距離可以看守之處。」

「你的意思是……」

眉頭微微皺起,宮成茜隱約知道答案了。

「雖然我無法百分百確定,但沒錯的話,別西卜的心臟就藏在他的軍事基地裡。」

第八章

地獄特攻隊，前進！

Tuning Demon Project

「言下之意，我們無論如何都得找到別西卜的軍事基地，以最快的速度找出心臟並摧毀它！」

宮成茜的眼神發出熠熠光芒，已經擬訂好了最終決戰的作戰計畫！

「很不錯，這麼快就想出作戰計畫，不愧是地獄裡的彼岸花。」

「啊？」

前面的稱讚宮成茜一點也不在意，反倒後面那個稱號是怎麼回事？

「妳不知道嗎？由於妳身邊吸引了很多知名人士，而且每一人都成為妳石榴裙下的俘虜，因此最近地獄裡流傳著關於妳的稱號，就叫做『地獄的彼岸花』。」

該隱推了推眼鏡，對著宮成茜微微一笑。

「居、居然有這種稱號流傳開來了？」

她宮成茜什麼時候變得這麼有名？到底是誰替她亂宣傳的啦！

「依我看來，妳會有這樣的稱號並不意外。阿斯莫德、伊利斯、巨人族，以及最難收服的開膛手傑克，更別提身邊還跟了一名亡魂與人類天師……在某種層面上來說，宮小姐或許比別西卜還要厲害。」

「唔，不要虧我了，這種事又沒什麼好說嘴的。」

她也不是故意要招風引蝶，吸引這些人來圍繞在自己身邊，全是在不經意的情況下造成今日局面啊！

況且，她來地獄又不是為了談戀愛，而是為了奪回被路西法封存的靈感啊！

只是現在為了生存，不得不暫且改變方向，打倒作亂的別西卜。

「怎麼會？這可是值得自豪的風流事呢。到目前為止，地獄裡可是第一次出現像妳這樣的女人。」

「哎唷，別說了啦！我現在應該可以離開這裡，去跟同伴們會合了吧？」

該打聽的事情已經搞定了，宮成茜只想盡快回到伙伴身邊，畢竟對於該隱這個人，她多少存有一定的戒心。

「宮小姐，用不著這麼急吧？」

該隱仍坐在位置上，絲毫沒有讓宮成茜離開的意思。

「妳從我這裡得到了想要的情報，還多了一個人協助你們，自己卻什麼都沒付出……會不會太奢侈了？」

「你是什麼意思？」嗅出事有蹊蹺，宮成茜眉頭一皺，壓低嗓音問道。

「我一直很想知道，『地獄的彼岸花』的魅力，以及厲害之處。」

站起身來，該隱慢慢地走向宮成茜。

宮成茜忽然有種壓迫感……與不安。她好像可以預見接下來將有什麼樣的發展。

「你想幹什麼？」

宮成茜反射性地向後退，直覺像警鈴一般響起。

「妳這是明知故問嗎？」

該隱白色的眉頭微微一挑。

「我才沒有……」

話說到一半，宮成茜的下巴就被對方抬起來。

一把打掉對方的手，她沒好氣地質問：「該隱先生，請你自重！我本來以為你不會做出這種事，真是太讓我失望了！」

「真是凶悍啊……宮小姐，我什麼都還沒做，就被妳說得如此難堪，是否有點過分了？」

該隱收回手，拿出手帕輕輕地擦了擦被打紅的手背，神情看起來和剛剛一樣冷靜。

「難道我沒這麼說的話，你就以為我能允許你為非作歹嗎？」

回應的同時，宮成茜腦中不停思考該怎麼離開這座房間。雖說該隱應該不至於傷害她，畢竟對剛達成合作協議的盟友出手，不是什麼明智的事。

然而，男人這種生物又很難說……

該隱是個曾經衝動犯下錯誤的人，即便現在看起來文質彬彬，但真想對她騷擾的話也不無可能。

至少從剛剛的行為舉止來看，該隱的確有想要「碰觸」自己的念頭。

「妳言重了，宮小姐。為非作歹？不，一點也不。」

該隱搖了搖頭，平淡地接續說：「我只是抱持著實驗的心態——想知道妳為何如此迷人。」

毫無預警的稱讚，直球一般投入宮成茜的心網之中，加上該隱渾身上下散發的優雅氣質，更讓這顆直球的攻擊力強化不少。

「你以為這麼說我就會動搖嗎？我只想要你快帶我回去同伴的身邊。」

故作鎮定。

這是宮成茜努力之下的結果。

她必須承認，該隱突如其來的直球告白很有殺傷力，但是她也明白，絕對不能在對方面前露出一絲破綻。

「是嗎？即便如此還是無法動搖妳嗎？那麼……能否容許我提出一項要求？」

「什麼要求？」宮成茜納悶地歪著頭問，並在心底祈禱著千萬不要是詭異誇張的請求。

「可以讓我落下祝福的一吻嗎？」

該隱把話說出口的當下，宮成茜的腦袋就像當機一樣。

「雖然我確實有想要一親芳澤的意思，但是基於禮貌，我不能直接這麼做。」

「你不能直接這麼做，所以就掰了一個聽起來很神奇的理由嗎？」

這到底是什麼邏輯？

一手扶著額頭，宮成茜快不曉得怎麼吐槽了。

「雖然妳聽起來是這麼一回事，但是……」

該隱欲言又止，又往前靠近了一步。

宮成茜還在一頭霧水的狀態時，她額前的髮絲被對方輕輕撥開，露出光滑飽滿的額頭。

「我的親吻，擁有神賜予的力量，能夠保佑我親近之人防範災難。」

伴隨著磁性的聲音，該隱在宮成茜的額上落下一吻。

輕輕淡淡，如鴻毛掃過，船過水無痕。

宮成茜還沒反應過來，該隱就已拉開彼此之間的距離。

「如果妳聽說過我的故事，應該曉得當年我被神放逐出人類群聚之地後，受到了什麼樣的待遇吧？」

該隱仍是一臉嚴謹的態度，但看在宮成茜眼中，總覺得在這一吻後，該隱的感覺就變得有微妙的不同。

到底是哪裡不太一樣了呢？宮成茜自己也說不出個所以然。

好像……看著該隱的感覺變得格外柔和許多？

真奇怪吶，她居然不討厭該隱方才對自己做的事，那顯然是有些失禮的吧？畢竟她根本沒開口答應對方。

「我聽說過那件事，但和你這麼做沒有關係吧？」

決定先不想那個吻了，反正她也不是第一次在地獄裡被人騷擾。

不過這樣真的好嗎？

待在地獄的時間越久，她的羞恥心好像也快跟著不見了啊？

「當然有關係，我不會隨意占妳的便宜，即便妳是一朵綻放香氣的彼岸花。」

「呃，你能直接說重點嗎？」

綻放香氣的彼岸花？

這傢伙可不可以不要一直說甜言蜜語！

起初還以為該隱是個嚴肅正經的人，現在真是改觀了。

「被放逐之後，我說到底也是神的子民，神便賜給我一種能力，讓我即使流落在外也不會被人所傷。他表面上說是不能讓我太快死去，才能活著好好贖罪……」

「實際上，他是在保護你吧，用另一種方式間接地守護你。」宮成茜替他把話說完。

她心想，神也真是溫柔吶。

「這件事，我也是花了好長一段時間才體悟出來。總之，只要我將這份祝福透過親吻給予他人，對方也能接受這股力量。」

「言下之意，難道我也變得刀槍不入了嗎？」

如果真是這樣就太好了！

宮成茜雙眼一亮，注視著該隱。

「很可惜，並非如此絕對。祝福的力量僅能保護妳不受低階惡魔或鬼魂的傷害，如果是別西卜的等級，還是沒有效果的。但我想，這或多或少對妳往後的決戰後有所幫助，也算是成為盟友的我所送妳的見面禮吧。」該隱搖搖頭，對著宮成茜回答。

「是嗎？還是謝謝你。」

其實宮成茜並不曉得該怎麼回應，因為多少有種被偷親的感覺，但若不道謝，好像顯得自己小心眼又沒禮貌。

「這份謝意我就收下了，至於品嘗妳的芬芳這件事……」

該隱湊近宮成茜耳邊，刻意壓低嗓音，以充滿魅惑與暗示性的口吻道：「還是等別西卜的事結束後再向妳討吧。」

宮成茜的心臟狠狠地漏了一拍，對方身上難以言喻的魔性魅力，在方才那瞬間就像擒住了她的心臟一般，讓她不由得倒抽一口氣。

雖然和該隱相處的時間十分短暫，她的心湖卻被撩撥數次，盪漾的漣漪不斷。宮成茜不禁心想，如果相處的時間拉長，她豈不是很快就會被攻略完畢？

光是想像畫面就覺得好可怕，難不成她其實是大叔控，不然怎會一顆心撲通撲通跳個不停？

下意識摀著自己的胸口，宮成茜愣了幾秒後才回過神來。

「什、什麼跟什麼！我才不會讓你這麼做呢！」

「嗯，妳臉紅起來還真是可愛呢。」

「哈啊？你不要盡是說些奇怪的話啦！」

看著該隱游刃有餘的模樣，宮成茜胸中就莫名升上一團火。他們之間的互動主權顯然掌握在該隱手上，自己則是被鎖定的羔羊，被耍得團團轉又小鹿亂撞。

不行，不能再和該隱獨處下去了！對心臟不好！

「咳咳，我想回到其他同伴身邊了，讓他們等這麼久會擔心我的。」

「這點請不用擔心，他們一直都在妳的身旁。」

「什麼？」

宮成茜被該隱這句話弄糊塗了。

該隱彈指一聲，四周景色瞬間改變，眨眼之間回到了最初的客廳。宮成茜心繫的同伴們也都在原地，看見宮成茜的身影同時，他們的雙眼都為之一亮。

「咦？你們都在這？」

宮成茜再次被弄得一頭霧水，她不是跟著該隱進到一扇門後，走了好一會的昏暗小路，才抵達剛剛的房間不是嗎？

啊，難道又是幻術或者障眼法？

她愣愣地轉頭看向該隱。

該隱微微一笑，笑容中似乎包含了所有答案，一切盡在不言中。

宮成茜有種徹底被耍的感覺，心裡有些許不是滋味，但也懶得再追問下去。

對她而言，快點進行下一步計畫才是最急切的大事！

在其他人開口之前，宮成茜率先宣告：「我有一句話要向大家說。」

「妳又想說什麼了？」姚崇淵眉頭一挑，狐疑地問道。

「只要是茜說的話，我都洗耳恭聽。」

月森一如既往呈現一張冰山臉孔，卻說著讓人感到肉麻的話語。

「成茜，妳儘管說，無論何事都有我罩。」

繼月森之後，補上第二句肉麻話語的人，是板著嚴肅惡臉孔的伊利斯。

「啊啊，又是一群宮成茜病發作的男人……」

身形龐大的寧祿選擇窩在角落，盡可能和其他「染病」的傢伙拉開距離。

「我想說的是，從此刻起——打倒別西卜特攻小隊終於正式集結完成！」握緊雙拳，宮成茜充滿氣勢與信心地宣告！

一路走來，她終於走到了這一步！

一路走來，從渺無希望到覓得一線生機與反擊的機會！

她深吸一口氣，即便未來的每一步都充滿危險，但她不會退縮，也絕不妥協！

宮成茜伸出她的右手，手掌攤開，對著屋內所有人說：「願意和我一起奮鬥到最後一刻的人，就將手疊上來吧！」

雖然她戰鬥的理由不怎麼冠冕堂皇，只是為了討回她身為作家最重要的靈感，以及想要活著回到人間，然而她想要戰鬥到最後的心，是一樣的。

「都到這了這個地步，還廢話什麼呢？我可是一名天師，斬妖除魔當然少不了我。」

姚崇淵最先伸出手來，朝宮成茜的手背疊了上去。

「茜的話就是真理。」

「月森哥，真的不用說到這種地步……」

宮成茜一臉尷尬地看著月森，同時看著對方將他的手疊了上來。

「我不會說出像月森那樣的話，但我肯定支持妳，為了成茜，赴湯蹈火在所不辭。」

「伊利斯，你說的話我覺得和月森哥差不了多少啊。」宮成茜忍不住吐槽。

「真是一群宮成茜病重度患者……是說，我本來就是你們其中一員了，別西卜一直破壞我們巨人族的家鄉環境，所以不用多說，特攻隊算上我吧！」

寧祿本想伸出手，後來考量到自己的手太大，轉而伸出一指做為代表。

「諸位都願意支持這個小隊，我身為那位不肖哥哥的弟弟，絕對沒有理由拒絕參加。」

阿斯莫德聳了聳肩，嘴角微微上揚。

「看起來事情很好玩吶，能夠正大光明殺人我可是很期待呢，如果能把別西卜的頭顱砍下來獻給媽媽，媽媽肯定會很開心吧！」

開膛手傑克咧嘴一笑，流露出興奮的情緒看向宮成茜。

「呃，我可以說不想收下那傢伙的頭顱嗎？」

宮成茜的眼神就像瞬間死去一般。到底是多麼扭曲的想法跟認知，才會認為她收到別西卜的頭顱會很開心呢？

好吧，常人的確無法理解連環殺人魔的想法。

「那你呢，白髮老頭？你應該也是想加入我們，才會站在媽媽旁邊吧？」

沒有理會宮成茜的拒絕，開膛手傑克是將目標鎖定在該隱身上。

「閣下的問題十分多餘呢，開膛手傑克。」

該隱平淡地回應，將目光投向宮成茜。

「宮小姐，對妳來說，我是特攻小隊必要的存在。相對地，妳這朵彼岸花，對我該隱未來的漫長歲月來說，也是必要的存在。」

「嗚哇！終於遇到一個比月森還會講肉麻話的傢伙！」

姚崇淵狂搓手臂，一邊說，一邊偷瞄月森。

「可、可……可惡……我的角色定位要被搶走了嗎？想不到這世上竟然有人比我更會對茜說情話……」

月森一臉含恨地瞪著該隱。

姚崇淵不禁搖頭嘆道：「我說月森，那個角色定位到底是什麼啊……」

第九章

特攻前夕激情夜

Tuning Demon Project

「不要蹭過來啦……小漢堡……很癢耶……」稍稍翻轉身子，仍閉著雙眼的宮成茜疲倦地說。

今晚是特攻隊出發的前夕，理論上也是能好好休養調息的最後一晚，他們選擇在該隱的住宅內度過。

在這不輸任何民宿或飯店的宅邸內，眾人都在深深的睡眠之中。

除了宮成茜。

從剛剛開始，就頻頻傳來一種磨蹭的搔癢感。

軟軟細細的觸感，搔得宮成茜被迫從昏睡的狀態中甦醒過來，阻止這種說不上來的奇怪搔癢感。

她一直以為是比希魔斯做的好事，卻在睜開朦朧雙眼時發現了不對勁。

「小漢堡是誰？」

宮成茜的正上方，有一張完全陌生的臉孔，垂掛著一縷縷紫色長髮，髮尾正輕搔著她的臉頰。

直至這時，宮成茜才知曉自己誤會大了！

她立刻驚醒過來，盯著自己上方的陌生男性臉孔。

「你、你是誰！」

宮成茜當下只有這個念頭。

這個人究竟是誰？怎麼無聲無息地出現在他們所住的宅邸之中？

難道是別西卜派來的殺手？

一連串的問號自宮成茜腦海裡不斷出現。

「這樣還看不出來？看來是剛睡醒，眼力不夠好吶。」

宮成茜仍是一臉困惑茫然的模樣，不過她的腦裡已經在想要如何逃脫，又或者該在何時適時地發動攻擊。

「再給妳一個提示，這樣好了，呼呼……」

不知從何處拿出一副眼鏡，男子將之戴上後，再將前額的瀏海往上梳。

「你是……不對，這怎麼可能？」

宮成茜一愣，難以置信地看著男子。

對方梳高瀏海，加上眼鏡的裝飾，改變了氣質與些許神韻，讓宮成茜聯想到一個人——

才剛認識不久、打倒別西卜特攻小隊的最新成員該隱！

可是他們明明是不同的兩個人吧？

「你究竟是誰？」

宮成茜雖然拋出問題，試著坐起身來，但對方似乎看透她的意圖，直接一把抓住她的手腕。

「別著急，還有一個人要給妳看呢。」

與該隱神似的紫髮男子笑了笑。

「宮小姐，真是不好意思，似乎嚇著妳了。」

似曾相識的聲音從另一邊冒了出來，循聲轉頭一看，竟是該隱本人！

「該隱？兩個該隱？不對！一個是該隱，一個則是——」

「初次見面，我是亞伯哦。」

面帶爽朗的笑容向宮成茜自我介紹，自稱亞伯的紫髮男人，也在這時鬆開了宮成茜的手腕。

或許是看到該隱的緣故，宮成茜或多或少放心了一點。她相信該隱是一名有禮貌跟底線的紳士，又是特攻小隊的隊友之一，即便有這個自稱亞伯的傢伙在，應該也不至於對她不利……應該。

「該隱，你能說明一下這是怎麼回事嗎？我能指望你說個清楚對吧？」

宮成茜坐起身，眉頭微蹙地盯著該隱。

深夜時分，兩個男人偷溜進女性的房間，無論怎麼想都覺得很不妥。

再說，這個亞伯又是怎麼蹦出來的？

該隱不是聲稱在找這個弟弟嗎？

太多疑惑，全都焦急地等待該隱的答案。

「為何凡事都需要解釋呢，宮小姐？這裡是地獄，很多事情無法給妳合理的答案。正如我的弟弟亞伯，我找尋他這麼久，這時候就出現了，也是沒有任何常理可以解釋的。」

「完全聽不懂你在說什麼。」

「不懂也沒關係，妳就要上戰場了，難道不想在此之前好好解放、玩個開懷嗎？」

紫髮男子嘴角勾起一抹壞壞的笑。

「這算哪門子的觀念啊？什麼叫做好好解放？那種事情我不需要！」

她只想趕緊從這兩個危險分子之中抽身，大腦裡的警鐘不停作響，用響亮刺耳的聲音告誡她只要繼續待在這兩人身旁——她的貞操很可能不保。

「妳會後悔的哦，當真不要嗎？」

亞伯持續逼近。

那張妖氣魔魅的俊美臉孔越是靠近，宮成茜越是心跳加速。

可惡，人帥真好，就這麼容易可以動搖人家的心！

啊，不是想這個的時候吧宮成茜！

眼看亞伯的身旁有空隙，宮成茜抓準時機就往空隙鑽了過去。

想不到她才躲開亞伯，前頭又殺出了個程咬金。

「宮小姐，妳要去哪裡呢？」

該隱站在宮成茜面前，擋住她的去路。

「讓開，我沒心思和你們兄弟鬧下去！」宮成茜強硬地對著該隱道。

如果這兩人繼續死纏爛打，她甚至不排除動武。

雖然沒有摸清這兩人的底細前，動武對她不一定有利，但已經是她能想到的唯一方法了。

「這可不行，宮小姐，我們兄弟有個賭約需要妳來執行。」

該隱完全沒有讓開的意思，依然阻擋在出口前。

「就是呀，我們兄弟要給妳一個很重要的任務，可是媲美神的重責大任哦。」

亞伯的聲音從後方傳來。

「媲美神？你們到底在說什麼？」宮成茜眉頭深深鎖起，困惑又緊張地問。

「妳不是很清楚我們的故事嗎？還記得我們兄弟是為了什麼翻臉的吧？」

亞伯一手扠腰，像是個輕浮的公子哥，和該隱穩重的形象天差地遠。

「不就是當初耶和華選了你獻上的供品，使得你哥……」

宮成茜說到一半，就尷尬地後續的話語吞了回去，眼神則瞟向該隱的所在。她都會感到不自在了，身為當事人的亞伯怎能這麼輕鬆？

或許，搞不好亞伯當初會落得那樣下場，也只是自找的？

「哎呀，我們的女神怎麼可以分心呢？可不能這樣忽略我們哦。」

亞伯的聲音打斷了宮成茜的思緒。他這回直接採取行動，將宮成茜一把推到牆邊，一手反折過來將她強行牽制住。

「唔！」

宮成茜臉頰貼在冷冰的水泥牆上，臉孔被擠得有些扭曲，氣得大喊：「你做什麼！快放開我！」

接著轉而對一旁袖手旁觀的該隱喊話：「該隱！我知道你是個理性的人，強迫我做不願意的事，後果是什麼你很清楚！」

宮成茜焦急地看著該隱，盼望能從他那邊得到一絲打破現狀的希望，然而事與願違。

「宮小姐，很抱歉，我無法放棄我們兄弟的賭約。」

該隱走上前，一手扳起宮成茜的下巴，隔著一塵不染的眼鏡鏡片，那對雙眸無比冰冷。

宮成茜恍然明白，自己毫無希望可言了。

今晚，她將淪為這對兄弟的俘虜，難以逃脫。

「無論妳說什麼都無法改變我們想法，還有也別想動用武器，我們兄弟倆會好好看著妳，不讓妳有機可乘。」

亞伯壞心地加強制住宮成茜的力道，藉由痛楚傳達他的決意。

「好了，老哥我這邊處理妥當，即刻展開我們的賭約吧！」

亞伯一邊說，一邊將自己的身體貼緊宮成茜，毫無縫隙。

對方身體傳來的熱度，直襲宮成茜的背部，甚至彷彿竄進她的背脊之內。

亞伯的體溫高於常人，至少對宮成茜來說是這麼認為，到底是為什麼她就不得而知。

她咬緊牙根，此刻的自己就是任人擺布，她看著該隱鬆開抓住自己下巴的手後，走到亞伯的對面點了點頭。

「開始吧，得好好把握時間才行。」

「哦？比賽截止的時間嗎？你想要多久？長一點也不是問題哦，畢竟你是老人家需要暖機一下嘛，哈哈。」

耳後傳來亞伯嘲諷的聲音，被壓在牆上的宮成茜既困惑又不安。

什麼暖機？為什麼她會立刻聯想到很糟糕的事呀？她的腦袋是有多齷齪！

不、不對！現在完全不是嫌棄自己腦袋下流的時候啊！

「終究是個血氣方剛的年輕人，太年輕了，需要時間的反倒是你吧？不純熟的技巧只會需要靠更多時間彌補。」

面對亞伯的挑釁，該隱淡然以對，一點被激怒的感覺都沒有。

「哼，是不是需要時間跟血氣方剛，待會就能證明了，不要到最後人家都對你毫無感覺跟反應啊，老哥。人老了就要服老，明白嗎？」

亞伯沒好氣地瞪了自家哥哥一眼，說出口的每一個字都充滿了酸度。

「我還真沒聽懂你們到底在說些什麼……」

宮成茜對於這兩人在談的事仍狀況外，但總之應該和「那方面」脫離不了關係。

「聽不懂也沒關係，懵懂無知的狀態才更好調教與進入狀況嘛。」

轉過頭回應宮成茜，亞伯賊賊地笑了笑。

「你們這兩人果然是想對我做糟糕的事！」

「什麼糟糕的事？應該是很愉悅的事，比如像這樣……」

說到一半，亞伯毫無預警地舔了一下宮成茜的耳骨。

「唔！」

忽然一陣電流竄過，宮成茜忍不住發出聲音。

「真是心急的男人，這麼快就出手了，亞伯。」

該隱的聲音冷冷地傳了過來，眼鏡鏡片之下的雙眼輕蔑地看著自己的弟弟。

「誰像你到現在還杵著不動？所以真被我說中了，還在暖機吧。」

亞伯不以為然地冷哼一聲。

「終究是太年輕……這個賭約，我想結果顯而易見了。」

該隱輕輕搖了搖頭。他走向宮成茜，手背溫柔地撫過宮成茜臉頰，動作既曖昧又憐愛。

「女人吶，要溫柔對待，她們是像水一般柔情又充滿變化的生物，不紳士一點怎麼行？」

該隱從亞伯手中搶過宮成茜，輕柔地將人抱入懷裡。

「我的淑女，請原諒我粗暴的弟弟，從這一刻起，我會讓妳感受到有如置身天堂的歡愉。」

溫柔地凝視著宮成茜的雙眸，壓低的嗓音充滿磁性與吸引力，宮成茜心想，任誰都會被該隱此刻的狀態與模樣迷住，就連自己也不爭氣地有心跳加速的感覺。

宮成茜以公主抱的姿式安穩地躺在該隱懷中，一時間忘了掙扎，像頭溫順的綿羊被抱到了床邊。

「我的淑女，請放心，我不會弄疼妳，只會給妳更多從未體驗的甜美與喜悅。」

該隱將人放到軟綿的白色大床上，既是憐惜，又帶點挑逗地輕撫她的臉頰。

面對該隱的進攻，宮成茜竟不知該說什麼，甚至連思緒都遲鈍了起來。

「完全放鬆，將妳的身心，妳的全部，都交給我。」

磁性的嗓音悅耳柔和，光是聽著就能舒緩情緒，宮成茜彷彿被催眠一般，眼神迷濛恍惚，陷入了該隱設下的溫柔圈套之中。

「很好，就是這樣，妳感覺到自己的身子越來越柔軟，越來越放鬆，以及被包圍在我倆纏綿的溫度與熾熱氣息裡……」

該隱將她的手壓在上方，略微使力卻不讓宮成茜感到疼痛，比起亞伯的強硬更是溫柔許多。

他低下頭來，身體懸在宮成茜上方，在她耳旁低聲說：「呼……感受到了嗎？愉悅的前奏曲？」

「我……」

該隱將熱氣持續吹到宮成茜耳畔與臉頰上，明明只是一點點熱氣，卻使她的體溫跟著上升。

這個該隱……真是個不簡單的男人……

經歷了這麼多，宮成茜還真是頭一次對初次見面男人無招架之力。

「還有餘力想別的事嗎？還是……在想著我的事呢，我的淑女？」察覺到宮成茜的眼神飄離，該隱抬起她的下巴問道。

「這、這……我才沒有……」

完全被說中。

宮成茜只覺得很羞恥，這要她如何啟齒回應？

只能硬著頭皮說沒有了啊！

「你看看，人家都說沒有，肯定是老哥你太無聊了，就和你的老人體味一樣讓人受不了。」

亞伯蹲在床邊，一手趴在床上，一手撐著自己的頭，露出百無聊賴的神情。

「亞伯，從你口中吐出來的話，就曉得你沒什麼品味。」

受到嘲弄的該隱，眉頭微微蹙起。

「這種事哪需要品味，要的是腰力跟體力，還有能夠滿足女人的——啊走開啦！換我來！」

一擊撞開自己的哥哥，亞伯接手壓住宮成茜，搶走了床上的主動權。

「別忘了這是場賭注，賭博必須公平進行，不能總是由你霸占位置！」

亞伯對著該隱喊話同時，毫不留情地扯開宮成茜上衣的第一顆鈕釦，露出了一對纖細的鎖骨。

「你這粗暴的傢伙！我的衣服被你撕壞了啊！」

由於這麼一弄，宮成茜頓時清醒過來，也恢復了掙脫的念頭，不停對亞伯拳打腳踢。

「閉嘴，我和老哥可不一樣！」

亞伯掐住宮成茜的手腕，直到對方痛得沒法出聲，這才稍稍鬆手。

「住手，亞伯，你已經弄痛她了，難道還看不出來嗎？」

該隱似乎有些緊張，雖然無法得知他的緊張是因為心疼宮成茜，還是其他因素。只是無論是出於什麼理由，該隱的勸阻仍無法改變亞伯的想法。

「現在是講求效率的時代，老哥你那慢郎中的方式早就不行了！」

亞伯強壓著不停蠢動的宮成茜，像對待獵物一般毫不留情。

他天生就是肉食性的狩獵者，當初選擇供品給耶和華的時候，更是毫不考慮地選了活生生的羔羊。

他看過《聖經》的記載，知道自己被描寫成可憐的受害者，是一場被親哥哥殺害的悲劇。但記載的人不知道，當初他是怎麼嘲諷該隱，竭盡所能地挖苦自己的哥哥，就連當初在宰殺羔羊時他也處於狂歡狀態。

當時在許多人的眼裡，他才不是乖乖牌或受害者形象，鄰人們都說他是個無惡不作的惡霸。

至於神為何選擇了他獻上的祭品……誰知道為什麼啊！

在被該隱殺害後，即便成了鬼魂狀態，他仍聽得見世人們的種種評價。

他記得很清楚，人們都說他被該隱所殺只是剛好，甚至還說該隱是為民除害。

就連殺了他，哥哥都像個英雄一樣——

真是諷刺得很，又令他嫉妒得要命。

在他說長不長、說短不短的人生中，該隱無論做任何事情都能贏過他，唯有獻祭供品這件事，他難得一次也是唯一一次贏過了該隱。

雖然也因此而死，但能夠勝過那個近乎完美的哥哥一次就足夠了。

這次，針對宮成茜這個女人的賭約，他也絕對要拿下！

「給我聽好，宮成茜，無論如何我都會得到妳，贏過哥哥！」

沒給對方回應的餘地，亞伯低下頭，狠狠朝宮成茜露出的雪白鎖骨咬上一口。

「痛！」

亞伯的力道不小，粗暴如他，已經在宮成茜的肌膚上烙下一圈紅色齒痕，還稍稍滲出血絲，一點也不憐香惜玉。

「痛楚會伴隨著更多的快感，等著吧，妳一定會選擇我！」亞伯嘴角挑起一抹自信又充滿惡意的笑，抬起頭來對著宮成茜道。

「鬼才會選擇你這個惡魔！」

宮成茜氣得咬牙切齒。

亞伯只是從容地笑了笑，回應道：「不對吧，妳身邊那些真正的惡魔，應該還比我來得溫柔哦？」

被亞伯這麼一回，宮成茜一時啞口無言，只能氣憤地瞪著對方。

為何她總要遇到這種事？

他們兄弟打賭為什麼莫名其妙要扯到她頭上啊！

可惡的地獄彼岸花體質就不能讓她過幾天安寧的日子嗎！

「亞伯，我們賭約的前提是不能弄傷宮小姐，你若是這樣下去——」

「少囉嗦，這女人很快就會知道我的厲害，就像當年的神一樣，她最後也會選擇我！」

亞伯不理會該隱的勸阻，強硬地向宮成茜索吻。

宮成茜轉頭逃避，儘管她躲過了嘴對嘴的親吻，但身體還是逃不了。她的衣襟被扯得更開，露出更多白皙肌膚，在亞伯猛烈的侵略下泛起一層緋紅色的痕跡。

繼鎖骨之後，半露的胸膛以及手臂上，布滿了像草莓一般紅紅的，甚至帶點青紫的曖昧烙印。

原以為自己會對這種亂暴的行為反感，宮成茜卻沒想到，她的身體與感官竟隨著時間過去，開始產生奇妙的感覺。

「呼……啊……」

灼熱的氣息從宮成茜口中洩出，她的雙頰漸漸染上紅暈，好似天邊的夕陽雲彩，看得旁人覺得格外動心。

又來了。

她的身體又好像不是自己所有，明明一開始都會抗拒又討厭，但是只要隨著對方的侵略行為持續進行，她的五感就會轉而跟上對方的節奏，潛藏的欲望如失控的人偶般旋轉起舞。

她厭惡自己這樣。

這樣的情形已不是第一次，她厭惡自己為何總會在男人的挑逗之下敗陣，顯得她好像是多麼饑渴的女人。

明明不是這樣，明明她的內心如此抗拒，可是身體就好像不是自己的，無論是面對溫柔的愛撫，還是強硬的攻勢，身體總能找到讓自己感覺舒服的方法。

還是說，自從進入地獄以後，就連「那方面」的感官能力也跟著墮落了？畢竟這裡是地獄，使人沉淪好像也不是多稀奇的事……

不行，就算試著思考別的事情，只要亞伯繼續撫弄自己，她就忍不住……

「唔唔，哈啊……」

像這樣發出連自己聽了都臉紅心跳的喘息。

「很不錯的反應嘛，我就說吧，妳很快就會知道我的厲害。」

亞伯撫過宮成茜的下唇，欣賞著獵物此時意亂情迷的模樣。

在他眼中的宮成茜，迷濛的雙眼染上氤氳水氣，雙頰微微泛紅，熱氣斷斷續續地從她口中洩出……

多麼美好的畫面，亞伯頓時充滿了成就感。

果然女人都吃這一套，霸王硬上弓……不對，是男人不壞女人不愛的路線，才是擄獲女性的王道！

看吧，他那可悲的哥哥，又再一次成為他的手下敗將了呢！

「來吧，盡情展現妳淫蕩的一面！讓我們一起直奔感官刺激的頂端，讓妳的嬌喘與我的熱汗交織！」

亞伯屈起膝蓋，大膽地深入宮成茜閉合的雙腿之間。

「告訴我，在我和該隱之間，妳想要選擇誰？告訴我，我和該隱誰才能將妳帶往快感的頂峰！」

亞伯興奮地叫著，雙手轉而移到宮成茜纖細的脖子。

「來吧，告訴我，妳選擇之人的名字——」

伴隨著強烈的問句，亞伯用力收緊了雙手。

第十章

有去無回的地獄特攻隊

Tuning Demon Project

「咳咳！不、不要……快放開我……快要窒息了！」

宮成茜痛苦地咳嗽，快要喘不過氣來。

「茜？茜妳怎麼了？快醒醒！」

熟悉的聲音傳入耳裡，雖然感覺到有人抓住自己肩膀搖晃，宮成茜還是發出苦不堪言的哀號。

「這個時候，要換這種方法。」

另一道男性嗓音加入，話音甫落，「啪」的一聲緊接在後，好不響亮。

「痛！」

宮成茜的眼皮終於緩緩睜開，第一時間映入眼簾的事物，正是在旁擔憂地看著自己的月森哥，以及剛剛疑似打了她一巴掌的姚崇淵。

「妳終於清過來了啊？是做了什麼奇怪的噩夢嗎？」

姚崇淵雙手扠腰，冷眼看著還一臉驚恐的宮成茜。

「我剛剛……在作夢？」

宮成茜愣愣地坐起身。

「不然呢？妳以為是在虛擬實境嗎？」

姚崇淵沒好氣地回答：「就只有妳一個人睡得著，身為地獄特攻隊的領導，居然這麼放鬆。」

「怎麼會？可是那麼真實的感覺……」

她一手摸著被賞了巴掌的臉頰，熱熱燙燙還有點痛，可以證明姚崇淵所說的沒有錯。

可是若是如此……

為何她會看到亞伯這號人物？

或者該問——亞伯是真的存在嗎？

想到這，宮成茜不禁搜尋某人的身影，很快在床邊附近的一張椅子上看到了對方。

「該隱……」

此時該隱一如既往地維持優雅沉穩的形象，端正地坐在椅子上，喝著一口熱茶。

好像什麼事情都沒發生。

不，如果真是夢，的確是什麼也沒發生過吧？

宮成茜覺得快被自己搞混了。

「該隱？怎麼，該不會妳夢到他吧？夢到什麼內容讓妳這麼害怕啊？」

宮成茜方才的呼喚雖然很小聲，但還是被耳尖的姚崇淵聽到了。

「呃，可以這麼說吧，雖然我也不是很清楚怎麼回事……」

如果只是單純的惡夢就好了。

「看來妳做了不能說的惡夢吶，宮小姐。真是備感榮幸，雖然是惡夢，但夢中有我呢。」

聽到宮成茜和姚崇淵正在討論自己，該隱放下茶杯，對著坐在床上的宮成茜微微一笑。

「夢中不只有你，還有亞伯……」

「嗯？妳說什麼？」

該隱注意到某個關鍵字，眉頭一挑，來到宮成茜床邊。

「那個，該隱——」

實在太想知道了，也由於「夢境」太過真切，使得宮成茜即便冒著可能讓旁人笑話的風險，也想向對方求證。

「你的弟弟，亞伯——你找到他了嗎？」

「宮小姐，妳為何突然這麼問呢？」

該隱顯得有些驚訝。

宮成茜搖了搖頭，重新問一次：「不對，我應該問的是……你和亞伯之間的賭約，最後有分出高下嗎？」

該隱向來冷靜自持的臉孔，難得出現明顯的動搖，接著他閉上雙眼，嘴角微微上揚。

「我想……應該沒有吧。」

宮成茜心底大致上有個底。她知道那很可能不只是一場夢，或許是在她睡著的期間，亞伯和該隱的意識進入了她的夢境之中，進而發展出夢裡的種種。

該隱應該知道發生了什麼事，只是那假裝沒發生過一樣吧？

總之，這件事就到此為止吧，既然已經清醒過來，代表時間也差不多來到最後關頭了。

姚崇淵說的沒錯，身為特攻隊的領導人，怎麼可以如此鬆懈！

她將一頭亂髮梳成俐落的馬尾，立刻起身套上披風，眼神瞬間變得銳利有神地道：「查出別西卜的軍事基地位置了嗎？」

「現在才問會不會太慢了點？不過算了，就讓我告訴妳一個好消息吧！」

姚崇淵聳了聳肩膀，接續道：「在妳睡著的期間，我讓我的式神和傑克一起行動，花費了不少時間探索，我們終於找到疑似別西卜軍事基地的所在。」

「不愧是姚家的天師，果然很能幹嘛！」宮成茜用力拍了姚崇淵的肩膀一下，笑著誇獎。

「只有這種時候才會誇獎我是個天師啊……」

姚崇淵雙眼瞇成一條線，眼神已死一般地看著宮成茜。

「妳也別太高興，我們沒有親自確認過，只讓開膛手傑克在外圍查看了一下而已，希望沒有找錯地方。」

「不會的，不會找錯的！」

宮成茜一臉認真，並將她的手放在姚崇淵的肩膀上。

「我相信你們的能力，況且就目前狀況來說，我們也沒有多餘的時間進行確認了。」

因為在今晚入睡之前，阿斯莫德帶來了別西卜軍的最新動態。根據報指出，很可能在明天或後天，別西卜就會向路西法所在的首都發動總攻擊。

有了這條消息，姚崇淵和開膛手傑克才會鎖定首都附近的郊區，以及邊界地帶進行搜尋。既然別西卜軍想要攻打首都，應該不會將軍隊安排得離首都太過遙遠，因此推算下來，別西卜的軍事基地就在首都郊區或邊界地域。

結果也如宮成茜等人所預料的，果真在首都的邊界找到了軍事基地……雖然無法百分百確定，但時間緊迫，宮成茜決定豪賭一把！

「知道確切的位置吧？各位都準備好了嗎？」

宮成茜轉過身，問向現場所有人。

「就等妳的指令了，茜。」月森點了點頭，正色地回應。

其他人沒有出聲，卻也用肯定的眼神回答了問題，一切盡在不言中。

是時候，踏出最終決戰的第一步了。

地獄特攻隊——即將起程！

地獄首都吉爾吉斯的邊界地帶。

「這裡就是地獄的首都邊界嗎……感覺好荒涼啊，而且好冷。」

宮成茜抱緊自己的手臂，使力地搓了搓。

此時此刻，地獄特攻隊來到了地獄最深處，也就是首都吉爾吉斯的邊界地帶。

根據阿斯莫德的說法，此處終年積雪，寒風刺骨，一年四季的景色都是白茫茫一片。冷冽的強風迎面襲來，天空中落下紛紛白雪，明明距離首都不算太遠，這裡卻有別於首都的熱鬧，相當死寂，幾近毫無生機。

宮成茜一點也不喜歡這裡，給人死氣沉沉的感覺。

很難想像這片飄落雪花的寧靜之處，就是他們最後決戰的戰場。

「前方七百公尺處有黑煙冒出的跡象，那裡應該有兵工廠正在運作。」

寧祿利用身為巨人的優勢，將第一時間看到的遠方景象告知眾人。

目前只有見到黑煙，沒有看到其他顯眼的建築物，但寧祿和其他人都知道，別西卜的軍事基地很可能具有隱形迷彩功能。

換句話說，只要迷彩功能發揮作用，一般人很難靠肉眼找到基地的位置。

「黑煙是遮不了的，看來就是那裡了。別西卜軍可能在做最後的準備。」

托著自己的下巴，阿斯莫德一臉認真思索的模樣。

「那麼現在的第一步，盡快潛入別西卜的軍事基地。按照原訂計畫，兵分兩路進行！」

宮成茜一聲令下，兩支隊伍便分了出來，分別由阿斯莫德和宮成茜率領。這麼安排是有原因的，因為這兩人是別西卜最在意也最想抓到的人。

兵分兩路可以做更多的事，比如讓其中一支隊伍進行搜查，另一支隊伍則在前端開路殺敵。

當然，這只是宮成茜設想的情況之一。

確定了分配的內容，眾人立刻展開行動。

他們躲在附近的矮灌木叢中，迅速靠近黑煙冒出的地方，然而還是看不到任何軍事設施或建築。

「確定就是這裡嗎？」宮成茜壓低嗓音，透過耳機與寧祿溝通。

寧祿身為巨人族實在太過顯眼，這一帶的灌木叢無法提供遮掩，所以沒有和大伙一起行動。

「從我的方向來看，你們走的位置應當沒有錯才對……」

耳機另一頭傳來寧祿的回答。

「我明白了。阿斯莫德，你有什麼見解？」

「別西卜這小子大概使用了目前最好的光學迷彩，即便靠近也無法用肉眼看出破綻。我們只有一個辦法可以嘗試，只是會有那麼一點……冒險。」

阿斯莫德一手托著下巴，認真地看著前方似乎什麼也沒有的雪白大地，唯有詭異的黑煙不停自半空中冉冉上升。

「既然只剩一個辦法就別管風險了，快說吧，阿斯莫德！時間寶貴！」宮成茜催促道。

「好吧，那麼我就直接執行了。」

阿斯莫德拿出了他的武器——龍之逆鱗。

「等等！你該不會是想……」

宮成茜心中有種不好的預感，如果她料想的沒錯，這個紅髮惡魔是打算……

「聽吾之令，龍之逆鱗，用你的龍焰吐息為我們劈開道路吧！」

阿斯莫德念念有詞，手上的長槍尖端瞬間集中了熾烈火焰！

「去吧！」

火焰化成一條紅龍，朝著前方奔騰而去！

「轟！」

火焰似乎撞擊到某物，前方赫然傳來破裂的聲響，原本的白雪大地開始崩解、變化。

一棟龐大的黑色建築物，現身在眾人正前方！

「這就是隱藏在迷彩底下的真面目……」

宮成茜倒抽一口氣，驚訝地看著前頭截然不同的景象。

一棟棟大型鋼鐵搭建而成兵工廠，前方擁有寬廣的停機坪，工廠本身似乎兼做兵營，一根根矗立的黑色大煙囪不停地冒著黑煙，忙著製造武器。

迷彩功能解除後，兵工廠運作的吵雜聲響也一併出現，震得人耳朵疼痛。

「看來我們真的找到別西卜的軍事基地了，可喜可賀啊，宮成茜。」

姚崇淵扠著腰，看著插在工廠屋頂上的大型旗幟，上頭繪著別西卜軍的象徵圖徽，旗幟在風雪之中擺盪舞動。

「可喜可賀個頭！剛剛那一炸都把裡面的敵人都炸出來了啦！」

宮成茜準備好自己的武器，緊張地看著從兵工廠中湧出的黑衣部隊。

「哈哈，反正遲早要面對的不是嗎？」

身為罪魁禍首的阿斯莫德笑了笑。

他站了出來，手執龍之逆鱗，迎接從前方發射而來的槍林彈雨。

「我沒想到這麼快就會曝光啊！本來還想偷偷潛入……算了，現在先分開來戰鬥吧！依照原訂作戰計畫前進！」

沒有太多時間猶豫，宮成茜將指令傳達下去後就率著另一批人，往另一個方向前進。

阿斯莫德率領伊利斯和該隱，宮成茜則帶上開膛手傑克、月森和姚崇淵；前者擔當戰鬥主力並吸引敵人注意，後者則利用行動敏捷的優勢，快速進行搜查。

至於如何在紛亂的戰鬥中聯絡，就靠著每個人都戴著的耳機通訊器。

兵分兩路，阿斯莫德一隊展開猛烈的戰鬥，往黑衣部隊最多的方向與入口長驅直入，宮成茜這邊則藉著火力掩護，潛入敵人較少的另一間小型鐵皮工廠。

即便有阿斯莫德等人掩護，宮成茜這方也遭遇少不了戰鬥。

「破壞F４紅外線，死光發射！」

宮成茜揮動手上的法杖，朝鐵皮工廠跑去，熾白色的死光一束束衝向敵人。

「冰河彼岸，為茜凍結所有阻礙！」

在宮成茜的前方，月森執劍的手從未停止舞動，刺骨寒氣不停射向黑衣軍人。

「這些人真是煩吶！不要擋本天師的路！」

姚崇淵扔出一張張符咒，符咒碰到目標瞬間燃燒，在他周圍宛如下了一場紅色流星雨。

「嘻嘻，真不錯，一群自己送上門來讓我解剖的獵物。」

和其他認真戰鬥的伙伴不同，開膛手傑克是唯一沉溺在殺戮快感中的男人。他揮舞著鋒利匕首，快得幾乎看不清他的動作。

就在這彷佛幻影的攻擊之中，他俐落地切斷敵人肢體，將其分解，畫面格外殘忍血腥。

「喂喂，宮成茜，妳能不能讓開膛手傑克那傢伙別殺人殺得那麼殘暴啊？血都噴到我這裡來了！」

本來他使用式神是為了攻擊敵人，但最後反過來做為防護盾保護自己，就是為了不讓開膛手傑克那邊的血水濺到。

「如果我有辦法早就命令他了！現在是非常時期，你還是自求多福吧，姚天師！」宮成茜忙著清除眼前的黑衣部隊，好不容易才抽出空檔回應姚崇淵。

經過一番激戰，宮成茜小隊終於殲滅眼前的黑衣部隊，這間說小不小、說大不大的鐵皮工廠重新回歸了寧靜。

「呼，終於將這群小兵清乾淨了，我有種體力被耗了一半的疲累感……」宮成茜擦了擦額頭的汗，氣喘吁吁地說。

「那是妳平常欠缺訓練啦！這樣怎麼面對大魔王別西卜啊？」

姚崇淵冷哼一聲。

「少囉嗦，我可是柔弱的女孩子！」

「柔弱？妳用法杖轟掉敵人腦袋時怎麼不這麼說？」

姚崇淵忍不住再度擺出了死魚般的眼神。

「咳咳，別再談論這個了行不行？現在最重要的是把握時間，找出別西卜的心臟並將它摧毀！」

「我們當然知道，但是茜，別西卜的軍事基地如此廣大，我們有辦法找到他特意藏起來的心臟嗎？」月森收起西洋劍，面有難色地回應。

「一定有辦法的，也一定要有辦法才行！」

宮成茜握緊拳頭，堅定地說：「就算別西卜把他的心臟埋在地獄的最底端，我們也一定要將它找出來，不然我們……不，是整個地獄都會淪陷！」

「還真是英雄式的發言啊。知道了，反正我會陪妳這女人找到底的，打從我決定加入的當下就明白了。」

姚崇淵聳了聳肩膀，嘴角挑起一抹略帶無奈的苦笑。

「我是挺想看看別西卜那傢伙的心臟長什麼樣，摧毀心臟的工作就交給我吧，我可是想了好多種『料理』那傢伙心臟的方式了呢！」

開膛手傑克伸出舌頭，興奮地舔了舔自己的上唇。

「問題是……現在該如何找起？」

月森環視四周，工廠內堆滿了雜七雜八的物品，除了方才打倒在地的敵人外，這裡還真沒有什麼人可以抓來逼問一番。

「先分頭找尋吧？我猜別西卜那傢伙把心臟藏在這裡的機率不低，我感受到了強烈的防護盾磁場。」

姚崇淵身為人類，但感應靈力或者磁場的能力相當優異。

這間工廠不管外觀還是裝潢都相當平凡，甚至毫不起眼，但是外頭布滿重軍，是阿斯莫德轟炸了旁邊的大型軍事基地，以及高調地率領隊伍進行誘敵戰術，才將本來駐紮在這裡的重兵引了過去。

再說，這間小工廠內他一直感應到防護盾的磁場，可能就在某個角落，而且應該是為了保護某樣東西設置的。

在這種地方設置需要耗費相當多能量的防護盾……姚崇淵怎麼想都只想得到一種可能。

他將自己的想法與判斷告訴其他隊友後，宮成茜當即下令，盡快找到防護盾磁場的來源。

不僅僅因為時間有限，更是由於下一波黑衣部隊不知何時會抵達，屆時情況可能不允許他們繼續尋找別西卜的心臟。

費了一點工夫，加上姚崇淵的感應，他們比預期還快地找到了防護盾磁場的來源。

他們來到工廠深處，一般人幾乎不會注意到的區域，要不是靠著姚崇淵的感應能力，很難查覺這裡另有玄機。

「接下來該怎麼做？這裡面真的有別西卜的心臟嗎？」

成茜站在隱隱散發白光的防護盾前，防護盾內有著某樣物品，被防護盾隔著的關係看得不是很清楚。

「先試著破壞防護盾吧？」

姚崇淵眉頭微蹙，思考著如何打破眼前這個防護盾難題。

「我用武力破壞看看。」

月森亮出了他的西洋劍「冰河彼岸」。

「冰河彼岸，寒冰霜晶！」

西洋劍中放射出無數尖銳冰晶，紛紛刺向門板大小的防護盾。鏗然一聲，霜晶發出清脆聲響，然而一波攻擊結束，防護盾依然完好無缺。

「不行，防護盾根本毫無裂縫。」

「只是你的力量太弱了吧。想要搶走媽媽的男人，就只有這麼一點本領嗎？」

開膛手傑克看不下去，站了出來。

「像這種時候，就是要看老子的能耐啦！」

他不知何時準備好了第二支匕首，擺出一個「X」的交叉形狀，「祕技——萬物肢解！」

大喝一聲，剎那間只見他進入了瘋狂的狀態，以超高速揮動匕首對著防護盾攻擊！

明明只是開膛手傑克一人在舞動手上的兩把匕首，看在宮成茜等人眼中，就好像看到了群魔亂舞一般驚人！

「好、好厲害的感覺……」

宮成茜愣愣地旁觀開膛手傑克驚駭的攻擊方式，不過她有點擔心……進入瘋狂模式的開膛手傑克能不能回得來啊？

如果一直持續發瘋下去那還得了？

不過此刻也只能先祈禱這波攻擊真能奏效……

「喝啊啊啊啊——」

面對前方堪比銅牆鐵壁的防護盾，開膛手傑克持發出懾人的吼聲，匕首刺向防護盾的清脆聲響不斷。

直到一聲異常的聲音出現，開膛手傑克這才停止了攻勢。

宮成茜趕緊上前查看：「居然、居然真的被打出裂痕了！」

雖然只是小小的一條縫，但這代表武力破壞真的可行！

「真是可怕的傢伙，不愧是殘暴出名的殺人魔，連別西卜的防護盾都無法擋下這傢伙的暴力呢。」

姚崇淵直搖頭，語氣中多是驚嘆與一點畏懼之意。

「唔……」

唯有月森一臉糾結凝重，和其他人心繫著防護盾的問題不同，他只在意這麼一來，他的茜會不會就這麼喜歡上傑克？

「很好！傑克你繼續下去！你應該能發動剛剛的祕技直到將防護盾打碎吧？」

宮成茜將一切希望都放在他身上了啊！

「這是將所有期望都放在我身上的意思嗎？媽媽，這是我第一次得到媽媽的期望呢……實在是太讓我興奮了啊！」

開膛手傑克再次將雙匕交叉，「我一定不會辜負媽媽的期望！啊啊啊！祕技——萬物肢解！」

就在開膛手傑克再度展開攻擊之時，原以為將這麼順利進行下去的宮成茜一票人，卻又面臨新的危機。

工廠的門口處位置，傳來一群人湧進的騷動聲！黑衣軍人一窩蜂從門口衝了進來，全副武裝地搜尋他們的下落。

「糟糕，新的黑衣部隊來了！」

為了讓開膛手傑克專注在破解防護盾的工作上，其他人各自拿出武器迎敵。

只靠三個人對抗上百人的軍隊本就十分吃緊，又要分神保護開膛手傑克，就在宮成茜等人快撐不住時，赫然一陣爆響從開膛手傑克所在之處發出！

爆炸伴隨強烈刺眼的白光，霎時將黑衣部隊震開，宮成茜等人則趕緊抓住附近的柱子或重物。等到光芒散去後，眾人才緩緩走回爆炸處查看究竟。

「我們……成功了？」

眼看防護盾消失，光芒不再，本來被震到一旁的開膛手傑克也看似沒事後，宮成茜的眼眶幾乎都快泛淚。

不過受到那麼劇烈的衝擊，開膛手傑克都能平安無事，到底該說是奇蹟，或者……那傢伙的肉體真的如此強大？

罷了，現在可不是鑽研開膛手傑克的時候。

防護盾破碎，現場只留下一個小小的、散發微微光芒的方形透明盒子，盒子被一條條發出綠光的符咒懸空環繞，看起來有一種難以言喻的神奇感。

「這個盒子裡的東西……」

「啊，應該沒錯，這就是我們要找的東西——別西卜的心臟。」

宮成茜話還沒說完，姚崇淵就接替她回答了問題。

透明盒子內裝了一顆比一般人類還碩大的心臟，顏色也是同樣異於常人的紫色，在盒子之內規律地跳動著，隱隱約約還能聽到咚咚的心跳聲。

姚崇淵猜想，盒子外頭環繞的咒文，應當是為了讓心臟離體後還能持續跳動。

「我猜，只要取出心臟並將之摧毀，別西卜就完了！」

姚崇淵正準備拿走盒子之際，工廠的屋頂竟突然打開！

轟隆隆的機械運轉聲，伴隨著屋頂緩緩向兩側開啟，露出了飄落雪花的天空，突如其來的轉變讓眾人一時間慌了手腳。

「怎麼回事？屋頂怎麼會自動打開！」

宮成茜抬頭一看，一道身影自天空緩緩降落，而那身影的真面目是——

「好久不見了吶，宮成茜……從在下掌心逃脫的女人。」

漆黑的身影輕盈落地，面帶著自信又邪惡的笑容。眼前的這個男人正是地獄第二把交椅，別西卜！

第十一章

惡魔的心臟，終結的心臟

Tuning Demon Project

「怎麼會是你……不可能，你不應該出現在這裡才對！」

宮成茜驚愕地看著面前的惡魔，也是特攻隊最大的敵人，別西卜。她怎麼也沒料到，敵方首領會突然出現在他們眼前！

難道說，進行誘敵戰術的阿斯莫德小隊已經——

「妳是在想著，我那不成熟的弟弟阿斯莫德，是不是遭遇不測了嗎？」

別西卜話一出口，宮成茜立刻倒抽一口氣。

「能想出誘敵戰術，分隊進行，在下應該好好稱讚妳的能力。但是，難道妳以為阿斯莫德他們就能拖住在下的腳步嗎？」

「可、可惡……居然被你識破了……你把阿斯莫德他們怎麼了！」

在宮成茜憤怒地對著別西卜大吼之際，月森彥機奪取裝有心臟的盒子，沒想到早被別西卜看穿，一道黑色風刃射出，阻止了他的動作。

「偷拿別人的東西可不是件好事，我的東西……就該物歸原主。」

別西卜彈指一聲，盒子便朝他飛了過去，落到他的手中。

「哎呀，剛剛說到哪了？」

一手接住盒子，別西卜再次將目光轉向宮成茜。

至於眼睜睜看著盒子飛回去別西卜手裡的月森，不顧手腕上的傷，自責地對著宮成茜低聲道歉。

雖然氣憤別西卜的作為，對於月森這副模樣宮成茜卻感到不忍與心疼，就在這時，別西卜又開口了。

「這可不行，在下心胸不夠寬大，無法讓妳在我面前關心別的男人呢，宮成茜。這樣好了，在下就先帶個禮物給妳看看吧。」

別西卜再度彈指，手掌向後一攤，又有道黑影飛了過來，被他一把抓在手上。

宮成茜原以為又是什麼物體，定睛一看才發現——那才不是什麼物體，而是阿斯莫德本人啊！

「阿斯莫德！」

看到滿身是傷的阿斯莫德，宮成茜緊張地大叫一聲，下意識地衝向前頭，但被月森和姚崇淵等人制止。

「別過去！妳想找死嗎！」姚崇淵牢牢抓住宮成茜的肩膀，不客氣地訓道。

「可是阿斯莫德──」

「如果連阿斯莫德都被他打成那樣，妳以為自己可以勝過他嗎！笨也要有個限度！」

沒給宮成茜說完話的餘地，姚崇淵強硬地打斷。

「茜，姚崇淵說的沒錯，而且不只阿斯莫德，恐怕伊利斯和該隱等人都……」

月森眼簾低垂，心裡只有一股沉重的絕望感。

「你們……快走……快！」

阿斯莫德使盡力氣，咬著牙才把這段話說完。

別西卜立刻補了一記膝擊，讓他痛得沒有再開口的機會。

「你們做得很好，從該隱那邊打聽到在下心臟的弱點，但你們應該不曉得，你們誘敵時也犯了一個錯誤……那就是讓在下更輕易地拿下你們。雖然你們只是烏合之眾，但全員一起攻過來，在下還是得花點時間和力氣與你們搏鬥，分成兩隊，那就容易許多了。」

別西卜掐住阿斯莫德的脖子，絲毫不顧念他是與自己有血緣關係的手足。

「當然，還有其他小禮物，也讓你們看看吧。」

話音一落，暗處傳來另一道腳步聲，最先映入眾人眼中的身影，是一名女性。

「杞靈？」

杞靈一如既往地散發妖媚氣息，紅色的唇角挑起一抹得意笑靨。

她的手裡牽著一條鐵鍊，鐵鍊用力扯動的同時，後頭出現了另一道身影……一個接著一個，都被鐵鍊栓住。

「伊利斯……該隱！」

認出兩人的當下，宮成茜難以置信地驚呼出聲。

雖然早有預感，可是看到他們傷痕累累地出現時……那份心痛感真是強烈得難熬！

「真是不錯的表情呢，宮成茜，我就是在等妳痛苦懊悔的表情吶。」

杞靈投射過來的眼神充滿嘲諷與戲謔。

「你們太過分了……太過分了！」宮成茜氣得大吼，眼眶泛紅。

「這樣就過分了嗎，妳是不是搞錯了什麼？我們之間可是對立的敵人關係。對於阻止在下大業的螻蟻，這點小小的懲罰不算過分吧？」

別西卜聳了聳肩膀，「是你們太弱了——憑這群隨便組織起來的烏合之眾就想打倒我？真是可笑。為了回敬你們，待會就讓我告訴你們什麼叫過分的懲罰吧！」

隨手扔開阿斯莫德，並將裝有心臟的盒子交由杞靈保管，別西卜張開雙手，緩緩騰空飛起。

「就讓你們嘗嘗，真正的絕望與地獄的滋味吧！」

一股前所未見強大力量從別西卜掌中發出，投射到半空之中，形成一張發出銀色光芒的羊角惡魔臉孔！

此時此刻，宮成茜渾身戰慄，腦海裡確確實實充斥著徹底的絕望。

完了。

一切都結束了。

她清楚知道自己即將失敗，因為自己的執著，連帶其他伙伴都將一同喪命於此。

但無論如何、無論如何她都不能在死前如此窩囊。

如果能夠為眾人擋下一分一毫，哪怕只是一分一毫的攻擊，只要能讓其他人有脫身的可能，她都會全力以赴！

「對不起了各位，我先走一步。」

沒有第二句話，宮成茜用力地自姚崇淵和月森的手中掙脫而出，她舉起法杖，決心使出自己最大的能耐，毫無悔意地衝向別西卜。

她聽不到來自伙伴的叫聲與吶喊，準備釋出法杖最大力量，也準備迎接自己最後的一刻——

就在她即將與別西卜的招式互相撞擊之際，另一道更為強大的黑色光束衝進兩人之間，轟然作響！

宮成茜被突如其來的黑色光波彈飛出去，開膛手傑克敏捷地一把抱住她，沒讓她撞擊到柱子或其他硬物。

至於別西卜，從他措手不及和被黑色光波炸傷的情況來看，顯然方才的攻擊是針對他而來！

「可不能讓你殺了我的御用作家呢，別西卜。」低沉的嗓音從後方傳來。

人未至，聲先到，縱使只有聲音出現，在場眾人都露出了驚駭的神情。

特別是被點名的別西卜，從容如他，竟也出現了動搖。

「哼，你居然來到這裡了啊……路西法。」

別西卜緩緩轉過頭，冷冷地瞪向終於現身的地獄之主路西法。

「我當然要來了，要是讓你殺了我的作家，之後還得再找人幫我完成地獄遊記輕小說呢。」

路西法瞇起雙眼，微微一笑，「況且有臣子叛亂，我身為地獄的主人，怎能不來探查一下？」

路西法和別西卜互相對峙的同時，月森扶起宮成茜。她愣愣地看著地獄裡的兩大人物，一時間有些混亂。

「為什麼……為什麼地獄之主路西法會出現在這裡？到底怎麼回事……」

如果別西卜沒有說出路西法的名字，宮成茜還以為……

金色長髮、挺拔的身形，以及那張臉蛋……不說她還以為是某大天使！

比較明顯的差別，大概只有路西法的瞳孔是鮮紅色的，神韻也比米迦勒來得狂妄，確確實實有著地獄霸主的威嚴與氣勢。

「別西卜反叛的心路人皆知，路西法身為地獄之主，肯定早有防範，但他為何能找來這裡？這應該是只有我們特攻隊知道的地點……」月森也提出自己的困惑。

「你以為這樣就能打倒我？這裡是我的地盤，路西法，獨自前來敵人的大本營，你會不會太傻了點？」

看著此生最想扳倒的男人，別西卜的神色更加陰狠。

「老實說，還得感謝我的御用作家，若非他們替我找出你的軍事基地，恐怕我還點多費點力氣。至於你的問題……」

路西法嘴角挑起一笑。

「我反倒要問你，不覺得工廠變得很安靜嗎？」

別西卜一愣，他確實感到周遭異常安靜，心裡頓時起了一個念頭。

「你已經做到這個地步了嗎……是你派兵包圍了我的工廠吧？」

「不愧是別西卜，很快就知道答案了呢。」

「哼！你以為就算這樣我就會服輸嗎？還沒完！」

別西卜衝上前，打算與路西法以死相搏之際——

「嗚！」

有股力量抓住別西卜的肩膀，在他反應過來前，一把利劍已貫穿他的身軀。

「竟然……是你！」

面露痛苦神色的別西卜轉過頭，映入眼簾的，正是與路西法有著相似容貌的另一人。

「米迦勒！」

憤怒的吼聲從別西卜口中發出，深受重創的他被米迦勒從後頭踹了一腳，屈膝下跪。

「哎呀，你看看我真是健忘，都忘了告訴你米迦勒也來了呢。」

路西法歪著頭，一副忽然才想起的模樣。

「真是可悲，別西卜。」

米迦勒一如既往散發高傲的氣息，俯視著跪在自己面前的別西卜。

「別這麼說他，米迦勒，別西卜可是讓我們這對孿生兄弟再次攜手合作的恩人。一直以來，你我都是外界公認的宿敵，沒想到會有這一天吶。」

「我是受天父之命才來制裁這傢伙，與你無關。」

「哦？天上那個老頭終於睡醒了？」

「少囉嗦，你該感激我告訴你別西卜的軍事基地，還不辭辛苦前來援助。現在你打算怎麼處置這傢伙？要我帶他回天界囚禁嗎？」

眼看地獄的叛亂即將劃下句點，一道女聲劃破了空氣。

「給我等一下——為什麼我感覺自己好像被耍了啊！」

最終章

不給糖就搗蛋

Tuning Demon Project

「這麼和平的地獄還真不像是地獄啊……」宮成茜望著天空，感慨地嘆道。

地獄才剛結束一場由別西卜領軍的叛亂，一切再度回歸往昔的和樂融洽（？）。

經歷了這次叛亂，宮成茜得出一個結論——

身為人類，永遠都會被惡魔耍得團團轉。

噢，還有另一項心得是：

不管天堂地獄，都是一堆兄弟反目成仇的故事……該隱與亞伯、路西法和米迦勒、別西卜和阿斯莫德。

說到阿斯莫德，那名紅髮惡魔不愧是惡魔，復原力很快，現在應該和以前一樣活蹦亂跳又到處風流了吧？

阿斯莫德如今接管了他叛變哥哥的位置，成為地獄的第二把交椅，目前正協助路西法清算別西卜軍的殘黨。

他的好友伊利斯也回到工作崗位，繼續做他的惡魔將軍，聽說最近這幾天會請個假，找寧祿一起回去巨人族的故鄉。

該隱本就是地獄裡的罪人，他仍得持續服刑，畢竟親手殺害手足的罪行十分嚴重，只不過由於本次協助平亂有功，路西法似乎下令讓他緩刑或者減少服刑時間。

至於開膛手傑克……那傢伙她能不要想起來，就最好不要想起來。

可怕的男人吶，依然是喪心病狂的變態殺人魔，經過這次大戰，開膛手傑克說要把那些黑衣部隊的屍體帶回家解剖……還說之後要開個展？

展覽名稱都想好了，好像叫啥「地獄解剖亂舞」？

不對啊，為何她把這傢伙的事記得這麼清楚啊！

快忘掉快忘掉！

「妳在那邊嘆什麼氣，該不會是在想那個保冷袋王子吧？」

姚崇淵的聲音從一旁傳了過來。

「才沒有呢，被你這麼一說我才會去想他……」

宮成茜冷冷地回了對方一眼，接著腦海裡浮現月森哥的容貌。

已經是不知第幾次想起他的臉了。

她和月森哥，應該再也不能見面了吧……

前陣子她完成了作品，呈交給路西法後，路西法便實現他的諾言，將靈感還給了她，並讓她回魂重返人間。

姚崇淵和她一樣回到人世，反正他本來就只是靈魂出竅並非真正死亡。

回到人間一星期了，說也奇怪，她居然會想念在地獄裡的日子。

姚崇淵也是，正式繼承姚家天師的職位後，她和姚崇淵兩人常常約出來，像這樣待在咖啡廳敘舊聊天。

「別裝了，妳果然很想他。真是的，明明坐在這裡陪伴妳的人是我，結果妳的心卻繫在一個身處地獄的人身上，真是有些不是滋味……嗯？」

姚崇淵本來還想繼續說下去，卻有另一段對話引起他的注意。

「馬麻，那裡有一群人打扮得好奇怪哦！」

「啊，大概是萬聖節快到了吧。」在小女孩問話後，一名母親這般回答。

「有魔鬼，也有打扮成鬼魂的樣子耶！那個羊角彎彎的好可愛哦！」

「確實看起來挺逼真的，現在化妝技術真是越來越好了。」

母親看著雜誌，只是隨意敷衍女兒。

「可是馬麻，為什麼萬聖節活動還要拿花花啊？」

「花花？」

不明白女兒的問題，這名母親終於抬起頭來認真一看。

這才知道那才不是一般的「花花」。

「宮成茜。」

忽然，這群被懷疑在做萬聖節打扮的男人們，其中一名留有紅色長髮、頭上長有羊角的男人，率先呼喊了某人的名字。

「咦？」

被點名的宮成茜回過神來，轉過身看向聲源。

「人家是翻山越嶺飄洋過海，我們可是翻過一整座地獄來找妳了。」擁有一頭羊角與紅髮的顯眼男子，笑著宣告。

「阿斯莫德？伊利斯？該隱？還、還有開膛手傑克你都來了？」

宮成茜不敢置信地睜大雙眼，一手摀著嘴巴，驚訝得快說不出句話。

「茜，妳還少說了一個人呢。」

從人群中迎面走來的男人，正是宮成茜不久前還在思念的對象——月森。

見到月森的剎那，她更是難掩激動，兩手摀住自己嘴巴，眼眶泛紅。

「茜，知道我們來到這裡是為了什麼嗎？」月森微微一笑，溫柔地問。

淚水早已在宮成茜的眼眶裡打轉，只是她強忍著不要流出來。

「為了什麼？」用顫抖的聲音，她壓抑激動的情緒問道。

「當然是為了——」

月森單膝下跪後，一旁的阿斯莫德、伊利斯、該隱和開膛手傑克都陸續照做。

「要向我們最愛的茜求婚啊。」

奉上一抹最為迷人的笑靨，這群來自地獄、各有特色的美男們，向宮成茜獻上了手裡的捧花。

——《惡魔調教 Project 05》完

——《惡魔調教 Project》全系列完

後記

Tuning Demon Project

大家好，我是帝柳，終於在《惡魔調教 Project》的後記中和各位見面啦！

由於是最後一集，這次也要帶來帝柳滿滿的感謝給大家，順便來聊聊關於這部作品以及下一套作品想要寫的風格跟方向。

首先來談《惡魔調教 Project》這部作品吧！

這部作品寫得很開心，寫作過程是比較放鬆甚至可以調劑身心的狀態，在寫另一套作品時可是完全繃緊情況啊……並不是因為這樣就說《惡魔調教 Project》寫得很隨便，其實花在找資料上以及投資（？）的程度更多。

帝柳一直想找機會將神話歷史或者經典文學的題材融入創作中，《惡魔調教 Project》這部作品讓我有這個機會嘗試，並以女性的視角遊歷地獄。

之前帝柳曾提過，《惡魔調教 Project》的背景設定是以但丁《神曲》為取材基底，故事主角是一名男性，和我家宮成茜完全相反的性別。記得帝柳最早接觸到這部書的時候，是在我高中時期。當時沒有手機遊戲，最喜歡做的事就是下課到學校裡圖書館翻翻找找，那時候養成了喜歡閱讀的興趣，任何類型的書都看。

當然，其中最喜歡的類型就是小說了。

不光是日系的輕小說（比如《羅德斯島戰記》，或者某種層面而言我覺得夢枕貘的《陰陽師》也是），或者西方的奇幻文學《魔戒》、《龍與地下城》等等，這類小說都會看。也喜歡看和天使惡魔有關的神話體系小說，就是帝柳剛提到的《神曲》啦！

裡面將不只將地獄刻劃得很詳細又帶點小獵奇，其實也有講到天堂的部分哦！不過在的《惡魔調教 Project》裡，由於主線劇情都在地獄，就沒有繼續描寫天堂篇的部分。

有機會的話，或許帝柳也會想寫寫看關於天堂的冒險呢！

《惡魔調教 Project》完結後，新坑也在開挖中，雖然一度提了幾種題材，有的也跟大家稍稍提過，但因為種種因素……最後給大家看到的，會是從未曝光過的新故事喔！

目前比較確定的是，接下來的作品依然是ＢＧ向，雖然帝柳真的很想寫看看腐甚至ＢＬ，但好像有魔咒一樣到現在還沒找到出口（笑）。

最後，再次感謝每一個支持帝柳的讀者小天使們，下次請繼續搭乘帝柳所開的奇幻列車囉！

帝柳

高寶書版集團
gobooks.com.tw

輕世代 FW259
惡魔調教Project05(完)

作　　者　帝　柳
繪　　者　愁　音
編　　輯　林紓平
校　　對　林思妤
美術編輯　林鈞儀
排　　版　彭立瑋

發 行 人　朱凱蕾
出　　版　英屬維京群島商高寶國際有限公司臺灣分公司
　　　　　Global Group Holdings, Ltd.
地　　址　臺北市內湖區洲子街88號3樓
網　　址　www.gobooks.com.tw
電　　話　(02) 27992788
電　　郵　readers@gobooks.com.tw（讀者服務部）
　　　　　pr@gobooks.com.tw（公關諮詢部）
傳　　真　出版部　(02) 27990909　行銷部 (02) 27993088
郵政劃撥　19394552
戶　　名　英屬維京群島商高寶國際有限公司臺灣分公司
發　　行　希代多媒體書版股份有限公司/Printed in Taiwan
初版日期　2018年1月

國家圖書館出版品預行編目(CIP)資料

惡魔調教Project / 帝柳著.-- 初版. -- 臺北市：
高寶國際, 2018.01-
　冊；　公分. --

ISBN 978-986-361-459-3(第5冊：平裝)

857.7　　　　106006672

三日月書版

三日月書版

GOBOOKS & SITAK GROUP©

GOBOOKS
& SITAK
GROUP©